Leonie Olsen

Kann ich bitte Vögeln lernen?

Die Autorin

Leonie Olsen liebt die Liebe und das Leben, Männer und manchmal Frauen und überhaupt alles, was schön ist und Spaß macht. Sie hat an Universitäten in Deutschland und Schweden studiert und es trotz aller Verlockungen des Studentinnen-Lebens bis zum Abschluss geschafft. Seit sie als Teenager den ersten erotischen Roman gelesen hat, schreibt sie selbst, vor allem kurze Texte und Geschichten. Kann ich bitte Vögeln lernen? ist ihr erstes Buch – und sie ist genauso aufgeregt wie bei ihrem Ersten Mal. Leonie Olsen lebt und arbeitet in Berlin.

Leonie Olsen

Kann ich bitte Vögeln lernen?

Erotische Episoden

Bibliografische Information der Deutschen Nationalbibliothek:
Die Deutsche Nationalbibliothek verzeichnet diese Publikation in
der Deutschen Nationalbibliografie; detaillierte bibliografische
Daten sind im Internet über dnb.dnb.de abrufbar.

© 2023 Leonie Olsen

Korrektorat: Mina Alvarez

Cover: vrb design

Umschlaggrafik: Midjourney

Buchsatz: vrb design
gesetzt aus der EB Garamond

Herstellung und Verlag: BoD – Books on Demand, Norderstedt

ISBN: 9783743166103

Für meinen Partner in Crime.

Inhaltsverzeichnis

Von vorne	9
Steffi und Maik	15
Julia und Niko	41
Matteo und Jacqueline	63
Katharina und Camille	93
Steffi und Robert	115
Matteo und Marlene	137
Bob und Andrew	159
Matteo, Julia und Yasemin	179
Von hinten	205

Von vorne

Ich bin Steffi, 24 Jahre alt und ich liebe Sex. Mehr Klischee geht nicht zum Einstieg, gebe ich zu, aber das ist die volle Wahrheit. Umso besser, dass ich nicht nur privat ficke, sondern damit auch noch Gutes tue. Make Love not War ganz wörtlich genommen, denken Sie jetzt sicher, so wie Fucking for Peace. Nicht ganz. Ich arbeite bei First Amour, einer Agentur, die jungen Männern und Frauen zeigt, wie geil Sex ist. Wie wunderschön es ist, wenn sich zwei Menschen erregen, leidenschaftlich lieben und zum Höhepunkt bringen. Ich kann mir schon vorstellen, was Sie jetzt denken. Kenn' ich doch, denken Sie, das ist ein Escortservice, nur halt für eine spezielle Zielgruppe. Und die Steffi ist auch nichts anderes als eine Prostituierte. Vielleicht stimmt das sogar. Aber dann sind Piloten auch nur Busfahrer und Tatortreiniger nur Putzen. Aber ja, wir haben Sex und werden dafür bezahlt. Und wir sind ziemlich gut darin. Wir nennen uns selbst scherzhaft BTA, Bumstechnische Assistenten. Wir haben Spaß am Sex, viel Erfahrung darin und sind geschult im Umgang mit jungen, unerfahrenen Sexpartnern.

Insgesamt sind wir sieben Kolleginnen und Kollegen, vier Mädels, drei Jungs, alle zwischen 18 und 26. Älter sollte man nicht sein, da wird es schwierig, jungen Menschen auf Augenhöhe Sex beizubringen, das hätte schnell etwas von Pädophilie. Und dann gibt es Therese, die gute Seele der Agentur. Agentin, Sekretärin, Kontaktperson, das seriöse Gesicht. Für uns ist sie eine ältere Freundin, Tante, Beschützerin, Vertraute. Mitte, Ende 50 ist sie ganz die elegante Dame, gebildet, zuvorkommend und resolut. Und sie hat selbst gehörig Erfahrung im Bett und anderswo. Ich habe sie nie gefragt woher, kann mir aber meinen Teil denken … Therese bespricht die Details mit den Auftraggebern und plant die Einsätze. Sie besorgt die Ausrüstung und regelt das Finanzielle.

Jetzt werden Sie sich fragen, wer, bitteschön, bucht denn dort? Manchmal die Kunden selbst, manchmal Freunde, manchmal die Eltern. Ja, das können Sie mir ruhig glauben. Uns kommt da die demografische Entwicklung und zunehmende Verunsicherung der Eltern entgegen. Immer mehr Paare haben nur ein Kind, und für das wollen sie nur das Beste. Aber was ist das? Sollte man da nicht Experten vertrauen? Wenn man Gewichtsprobleme hat, geht man zum Ernährungsberater, bei anderen Fragen zum Feng-Shui-Coach. Warum also nicht auch, wenn es um Sex geht? Oder besser: gerade, wenn es um Sex geht. Hört man nicht immer wieder von schlimmen ersten Erfahrungen? Weil beide nicht wissen, was sie tun? Dann doch lieber dafür sorgen, dass das eigene Kind in einem sicheren Umfeld mit erfahrenen Partnern schläft. Diese Helikoptereltern sind Gold wert. Meistens sind sie erst sher zögerlich – klar, wenn es um so etwas Intimes geht. Aber Therese schafft es zuverlässig, ihnen die Angst zu nehmen. Eine Tasse Tee mit ihr und ihrer ruhigen Stimme hat noch immer geholfen, spätestens wenn sie von den vielen glücklichen Kunden erzählt.

Wie ich an den Job gekommen bin? Mein erstes Mal hatte ich mit einem Jungen von First Amour. Ich war gerade 18 geworden, sexuell interessiert, gleichzeitig aber unglaublich unsicher. Paps hatte von First Amour gehört und machte mir einen Termin. Ich war überrascht und ja, auch verstört. Ich meine, da erzählen mir meine Eltern, sie hätten mit einer Agentur gesprochen, und wenn ich wollte, könnte ich da mit jemandem vögeln … Gutes Verhältnis hin oder her, ich meine, da kann man schon mal mehr als nur etwas irritiert sein.

Der Junge von First Amour hieß Samuel, war Anfang 20, einen Kopf größer als ich, hatte kastanienbraunes Haar und tiefgrüne Augen. Augen, mit denen er mich ansah und die mir sofort sagten, dass ich diesem Menschen vertrauen konnte. Samuel war sehr einfühlsam. Er kam zu uns nach Hause, meine Eltern hatten eigens einen Termin am Wochenende gemacht. So konnten sie im Garten arbeiten, ich wusste, sie sind da, fühlte mich aber nicht gestört.

Wir redeten erst einmal, lachten, er war echt witzig. Schließlich nahm er meine Hände, zog mich zu sich und wir küssten uns. Ich hatte vorher noch nie einen Jungen geküsst, aber mit Samuel war es, als hätte ich nie etwas anderes gemacht. Meine weichen Lippen berührten seine, öffneten sich und unsere Zungen spielten miteinander. Damals dachte ich, ich will nie aufhören, ihn zu küssen, so gut schmeckte er. Aber er löste sich von mir, sah mich an und zog sich aus. Mann, sah er nackt gut aus, wie er da in roten Boxershorts vor mir stand. Dann fing er an, mich auszuziehen. Es war Sommer, ich hatte nur ein leichtes Leinenkleid an, das er langsam aufknöpfte und zu Boden fallen ließ. Da stand ich nur mit BH und Höschen vor ihm, unsicher und schüchtern, ich hatte ja noch nie nackt vor einem Jungen gestanden. Ich lächelte nervös, er scherzte, wir lachten und dann öffnete er mir langsam den BH und streichelte meine Brüste. Ich war erst aufgeregt, dann angeregt und schließlich voll erregt, als er in die Knie ging und mir das Höschen auszog.

Samuel führte mich zum Bett, legte mich hin und küsste meinen Körper, ausgiebig und unglaublich zärtlich. Dann drückte er seine Lippen auf meine Muschi und es schüttelte mich überall. Was soll ich sagen, er war ein Meister mit der Zunge und als es endlich soweit war, war ich so feucht, dass sein Schwanz mühelos in mich eindrang. Der Sex war himmlisch und mir wurde schnell klar – dieses Gefühl möchte ich gerne zurückgeben.

Eines führte zum anderen und inzwischen bin ich schon rund drei Jahre bei der Agentur.

Natürlich gibt es Regeln:

Weil wir so gut erzogen sind, sagen wir brav danke und bitte. Im Ernst, wir geben immer Zuhause Bescheid, in der Agentur. Sicher ist sicher und zumindest ich kann unbeschwerter vögeln, wenn Tante Therese weiß, wo ich es treibe.

Zweitens – immer mit Gummi. Ja, auch bei unseren Kunden. Auch wenn es sich bei ihnen ausschließlich um Jungfrauen handelt, sexuell gesehen. Man weiß nie. Nach der Unbefleckten Empfängnis gibt es inzwischen ja vielleicht die unbefleckte Syphilis.

Wir nehmen unsere Kunden ernst. Sogar die süßen Nerds mit Sommersprossen und Hornbrille. Denn alles andere wäre höchst unprofessionell und sie sind vielleicht auf den Mund gefallen, aber damit umgehen können sie, das kann ich Ihnen sagen. Ziemlich zungenfertig. Und außerdem sind Hornbrillen ohnehin wieder hip.

Niemand älter als 26. Das ist traurig für alle 27-jährigen, aber wir wollen jungen Menschen zeigen, wie toll Sex ist und nicht 50-jährige mit Torschlusspanik drüberlassen. Das hat eindeutig auch Vorteile für uns – ich für meinen Teil ficke lieber einen knackigen Erstsemester als Manager in der Midlife-Crisis.

Aber ansonsten ist alles erlaubt. Wobei unsere Kunden von sich aus nicht mit vielen Sonderwünschen kommen. Bis auf die Jungs, die ausreichend Pornos schauen. Und das machen alle, wirklich alle, auch wenn viele Mütter jetzt sagen werden, nein, nicht mein Bub, auf keinen Fall, so etwas macht der nicht.

Doch, macht er. Deswegen weiß er so gut Bescheid über Blowjobs, Doggy, Spanking und wie man eine Pussy leckt. In der Theorie. Und für die Praxis sind wir da. Das ist geil und deswegen mag ich den Job so.

Wie diese Einsätze ablaufen, davon möchten wir gerne einen kleinen Eindruck vermitteln. Ich habe einige meiner Kolleginnen und Kollegen gebeten, ihre Erlebnisse aufzuschreiben, damit Sie einen Einblick in unsere Arbeit bekommen. Viel Spaß und eine anregende Lektüre – und vielleicht melden Sie sich ja selbst einmal bei uns.

Steffi und Maik

Sie wissen, wie das ist, wenn man Freiwillige sucht? Jemanden, der anfängt. Jepp, ging mir genauso bei diesem Buch. Ich frage meine Kolleginnen und bin fasziniert davon, wie viele Wohnungen geputzt, Renovierungen erledigt und überfällige Besuche absolviert werden müssen. Fange ich halt selbst an, ein paar Geschichten aus der Agentur zu erzählen.

Also Maik. Tja, was soll ich sagen, ich hätte mir den Namen nicht passender aussuchen können. Maik. Bei dem Namen läuft in Ihrem Kopf ein ganz bestimmter Film ab, oder? Dabei war Maik ein lieber Junge, ängstlich und neugierig, mit seinen eigenen Wünschen und Vorstellungen. Aber er war halt auch ... ein Maik. Wenigstens nicht Kevin. Oder Dennis. Das sind ja eher Diagnosen als Namen. Okay, vermutlich habe ich es mir jetzt schon mit der Hälfte der Leserschaft verscherzt.

Unsere Auftraggeber sind bunt gemischt. Mal sind es die Kunden selbst, mal Freunde. Bei Maik waren es die Eltern, die in die Agentur kamen und fragten, was wir denn so machen könnten. Für Maik.

»Der Junge muss das lernen. Sie wissen schon«, sagte sein Vater und warf Therese einen vielsagenden Blick zu. Therese warf einen nichtssagenden Blick zurück.

»Nein, was sollte ich denn wissen?«, fragte sie in ihrem naivsten Tonfall. Manchmal konnte sie richtig gemein sein, wenn sie wollte.

»Na, was Sie hier so anbieten«, versuchte es Maiks Vater erneut, unterstützt von eindeutigen Bewegungen. Wobei man die mit etwas Fantasie auch als Samba interpretieren konnte. Aber Therese war professionell genug, darauf nicht weiter einzugehen, sondern das Anliegen ernst zu nehmen. Sie nickte verständnisvoll.

»Wenn Sie das Wunder körperlicher Liebe meinen, ja, dann sind Sie hier richtig. Wir können Ihrem Sohn ein wundervolles erstes Mal bieten, eine sanfte und vorsichtige Einführung, wenn Sie mir dieses Wortspiel erlauben.«

»Das wäre so schön«, sagte Maiks Mutter, die bisher eher als Statistin aufgetreten war. Ich beobachtete die ganze Szene durch die angelehnte Tür zum Salon und hatte ausreichend Zeit, mir Maiks Eltern anzusehen. Sein Vater sah aus, wie man sich den Vater von Maik eben vorstellt, und seine Mutter passte perfekt ins Bild. Neben ihrem kräftigen, untersetzten Mann wirkte sie noch mal zierlicher. Sie war klein, auf eine gewöhnliche Art herausgeputzt und sie sollte sich die Haare bald mal wieder nachblondieren. Ich versuche immer, von den Freunden oder Eltern auf die Kunden zu schließen. Manchmal habe ich sofort ein Bild im Kopf, manchmal gar nicht. Das hier war einfach.

»Ich möchte, dass mein Maiki ein tolles erstes Mal hat und direkt weiß, wie schön das ist.«

Das wird Maiki sicher früh genug herausfinden, dachte ich, da musst du keine Angst haben. Das war wieder so ein Auftrag, bei dem mir nicht klar war, ob ich mich darauf freuen sollte. Aber Job ist Job und meistens machen am Ende gerade die Einsätze Spaß, auf die ich die wenigste Lust hatte. Wie heißt es doch – der Appetit kommt beim Essen.

»Maik hat nächste Woche Geburtstag. Der wird Augen machen«, sagte Maiks Vater und schlug sich auf die Schenkel. Moment mal, ich war ein Geburtstagsgeschenk? Mit einer Schleife, damit er mich auch auspacken konnte? Ich ... da wurde ich in meinen Gedanken von Therese unterbrochen, die nach mir rief.

»Ich möchte Ihnen gerne die Mitarbeiterin vorstellen, die sich um ihren Sohn kümmern wird. Das hier ist Stefanie.«

Jedes Mal, wenn einer von uns die Auftraggeber das erste Mal sieht, gibt es kritische Blicke. Klar, ich würde potenzielle Sexpartner meiner Kinder auch genauestens unter die Lupe nehmen. Maiks Eltern musterten mich von Kopf bis Fuß. Sein Vater brauchte dafür etwas länger, der blieb eine Weile an meinen Brüsten hängen. Offenbar gefiel ihm, was er sah und er nickte zustimmend, genau wie seine Frau. Alles andere hätte mich gewundert, schließlich bin ich gut gebaut, freundlich, kompetent und ein echter Profi. Ich hätte denen sonst was erzählt.

»Hallo, ich freue mich, Sie kennenzulernen«, sagte ich und schüttelte beiden die Hände. »Ich bin Steffi.« Dann kam mein üblicher Ich-freue-mich-so-auf-den-Auftrag-Spruch und die mehr oder weniger investigativen Fragen zu Maik. Wie alle guten Helikoptereltern hatten sie ein Foto ihres Sohns dabei. Maik sah genauso aus, wie ich ihn mir vorgestellt hatte. Kräftig, kurze Haare, eher kein Nobelpreisträgergesicht. Aber auf sein Gesicht kam es ja nur sekundär an, oder?

Dann ging es mit dem üblichen Ablauf weiter. Was gehört zum Service, was nicht, wann soll ich wo sein, wie läuft so ein Termin ab und alles, was die Auftraggeber so interessiert. Bevor jetzt falsche Ideen aufkommen, Therese bleibt da ganz sachlich. Sie kann ja schlecht hingehen und jemandem wie Maiks Mutter sagen: Ja, und dann wird die Steffi Ihren Sohn nach allen Regeln der Kunst ficken. Klar, wir sind alle erwachsen, aber das wäre unprofessionell. Zum Schluss fragte Maiks Vater: »Und wie bezahle ich Sie jetzt?« Er sah von Therese zu mir und zurück.

»Gar nicht. Das wäre Kuppelei oder Prostitution und da kommen wir juristisch in einen eher schwierigen Bereich.«

»Hä, ist das dann kostenlos, oder was? Das ist ja geil.«

Therese schüttelte den Kopf. »Das wäre ja noch schöner, gratis ...«, murmelte sie vor sich hin, bevor sie ihre schönste Telekollegstimme auspackte. »Die Agentur wird von einer Stiftung finanziert, an die Sie in einer von uns vorgeschlagenen Höhe spenden. Sie dürfen natürlich gerne mehr geben.«

Keine Ahnung, ob Maiks Vater die Feinheiten dieser juristischen Konstruktion verstand, aber er nickte, unterschrieb den »Beratungsbogen« und stand auf.

»Und Trinkgelder sind übrigens nicht verboten«, warf ich ein. Falls er das hörte, ließ er sich nichts anmerken. »Komm, Püppi«, sagte er zu seiner Frau, die ebenfalls aufstand und ihm zur Tür folgte. »Vielen Dank. Maik wird sich freuen. Bis nächste Woche.«

Genau acht Tage später klingelte ich an einem Mietshaus im Wedding. Mein Finger brauchte ein paar Sekunden, bis er das richtige Namensschild gefunden hatte, mehr als die Hälfte war überklebt oder provisorisch ersetzt. Der Aufzug hielt, was Umgebung und Fassaden versprochen hatten, und wirkte so wenig gepflegt, dass der Kontrast zur Wohnung umso größer war. Der Flur war aufgeräumt, jeder Schlüssel hing an seinem Platz an einem Schlüsselhalter mit der Aufschrift »Schlüsselmomente«, jede Jacke ordentlich auf dem Bügel. An den Wänden sah ich die typische Hausfrauenmischung aus Ikea-Postern, Familienfotos und Kalendern. Katzen für die Damen und Autos mit leichtbekleideten Girls für die Herren. Was Maiks Zimmer anging, tippte ich mal auf helle Jugendmöbel, Ferrari-Bettwäsche und eine postpubertäre Mischung aus Musik-, Auto- und Filmplakaten. Wette mit mir selbst, wenn ich gewinne, lade ich mich zum Sushi ein.

»Schön, dass Sie da sind«, flötete Maiks Mutter, als sie mir die Tür öffnete. Während ich eintrat, ihre die Jacke gab und meine Schuhe auszog – alles andere wäre mir angesichts der Ordnung als Sakrileg erschienen – redete sie munter weiter.

»Mein Mann ist leider auf Arbeit. Aber das macht nichts, oder? Ich meine, wir müssen ja nicht beide da sein. Soll überhaupt jemand in der Wohnung sein? Ich könnte einkaufen gehen. Maiki ist ja die Hauptperson, er ist in seinem Zimmer, ich rufe ihn gleich mal. Möchten Sie etwas trinken? Ich habe einen Tee gekocht oder lieber ein Wasser? Oder nehmen Sie einen Prosecco? Ich war mir unsicher und habe vorsichtshalber was kalt gestellt.«

Durchatmen, tief durchatmen. Höflich wie ich bin, sagte ich: »Danke, ein Wasser wäre schön. Und am besten zeigen Sie mir einfach, wo Maik sein Zimmer hat. Dann sage ich ihm selbst hallo.« Sie wollte weiterreden, aber ich lächelte sie so penetrant an, dass sie ihren Mund ohne Worte zuklappte.

»Maiki hat sein Zimmer hier. Warten Sie kurz.« Die Tür war mit »Eltern verboten«-Schildern beklebt, aber selbst die sahen ordentlich arrangiert aus. Sie klopfte. »Sie müssen entschuldigen, bei meinem Sohn ist es immer unordentlich, ich weiß auch nicht, was ich da noch machen soll. Maiki, die junge Dame ist da.« Maiks Mutter öffnete. »Gehen Sie doch rein, ich bringe Ihnen dann gleich das Wasser.«

Ein schneller Blick ins Zimmer – wenn das unordentlich war, dann war ich als Teenie ein Messie gewesen. Und die gute Nachricht war, Wette gewonnen, es gab Sushi. Aber

Inneneinrichtung war jetzt nicht mein Thema, sondern Maik. Der sah genauso aus wie auf den Fotos, nur der flaumige Oberlippenbart war neu, leider, was aber bei dem Gesamteindruck auch nichts mehr ausmachte.

»Hi, ich bin Steffi«, sagte ich mit meinem strahlendsten Lächeln und streckte ihm die Hand entgegen. Maik blieb vor seinem Computer sitzen und musterte mich ausführlich von oben bis unten.

»Hi«, sagte er schließlich. »Wie alt bist du denn?«

Das war ja mal ein richtig guter Anfang. Junge Damen immer nach dem Alter fragen. »24. Wieso?«

Maik schüttelte den Kopf. Eh, komm, so viel älter als du bin ich auch nicht. Sind dir die paar Jahre jetzt schon zu viel? Chauvi. Sagte ich natürlich nicht, war ja ein Auftrag und nicht mein Privatvergnügen.

»Übrigens, herzlichen Glückwunsch nachträglich zum Geburtstag. Ich bin quasi ein verspätetes Geburtstagsgeschenk.« Ich lachte so offen und gewinnend wie möglich. Maiks Blick hatte sich auf meine Möpse fokussiert, ansonsten keine Reaktion. Oh Mann, das würde härter als befürchtet. Hoffentlich war sein Schwanz genauso hart.

Notiz an mich selbst – billige Wortspiele reduzieren.

»Du weißt, warum ich hier bin, oder?«, fragte ich.

»Um geil zu ficken.« Seine Macho-Attitüde wurde ein bisschen, ein ganz kleines bisschen durch leichtes Lispeln beeinträchtigt. Ja, fast, dachte ich, tolle Antwort. In dem Moment kam seine Mutter herein, ein Tablett mit mehreren Flaschen und Gläsern balancierend.

»Ich habe doch noch Limo und Cola mitgebracht, vielleicht möchtet Ihr ja etwas Süßes trinken.«

»Ey Mama, das stört«, rief Maik.

»Entschuldigung«, murmelte sie, stellte das Tablett ab und zog die Tür leise zu.

»Boah, manchmal nervt die total!«

Oha, er kann sprechen. In ganzen Sätzen. Unglaublich. Maik stand auf, schloss die Tür ab und setzt sich breitbeinig aufs Bett. Er sah mich auffordernd an. Ich schaute zurück. Er war irritiert und fragte dann: »Ausziehen?«

»Wollen wir nicht erst mal was trinken? Ich habe Durst.« Ich nahm mir ein Glas und setzte mich auf den Schreibtischstuhl.

»Und das mit dem Ficken – ja, ich möchte geil gefickt werden. Meinst du, das bekommst du hin?« He, wie es in den Wald hineinruft ...

»Klar, was denkst du denn?«

»Habe ich mir gleich gedacht, dass du ein toller Stecher bist. Aber deine Eltern denken, glaube ich, dass du noch nie gefickt hast.« Ich nahm einen Schluck und wartete, aber keine Reaktion von seiner Seite.

»Hattest du denn schon oft Sex?«

»Ja, klar, ich ...«

Ich sah ihn über das Glas hinweg mit meinem unschuldigsten Blick an.

»Mit Mädchen?«

»Denkst du, ich bin schwul, oder was?«

»Nein, aber vielleicht bist du dir ja bisher treu gewesen.«

Okay, der war zu hoch für Maik. Ich stieß mich ab und rollte zu ihm rüber.

»Es ist überhaupt nicht schlimm, mit 18 noch keine praktische Erfahrung zu haben. Ich war selbst spät dran. Aber ich wette, du hast eine der größten Porno-Sammlungen der Klasse.«

»Was? Ich gucke keine ...«

»Ist doch ganz normal. Vielleicht können wir uns was zusammen ansehen?«

»Was wird das denn hier für eine Psychonummer?«, fragte Maik. »Ich dachte, wir wollen ficken. Und du ziehst dich doch jetzt aus, oder?«

Ach, Maik. Ich stellte das Glas weg. »Eigentlich hatte ich mir vorgestellt, dass wir uns gegenseitig ausziehen, aber ich kann ja anfangen. Hast du vielleicht Musik für mich?« Die Aussicht auf einen Striptease ließ ihn ungeahnte Kräfte entwickeln. Er schaffte es, auf Spotify ein uraltes Kuschelrock-Album zu finden und anzustellen. Nicht ohne zu betonen, dass das sonst ja überhaupt nicht sein Musikgeschmack war und er mehr auf Deutschrap und Hip-Hop stand.

Lasziv zu tanzen war noch nie meine Stärke gewesen und endete meistens unfreiwillig komisch. Also versuchte ich es gar nicht erst, sondern blieb nüchtern. Ich zog mir den Pulli über den Kopf und streifte die Socken ab. So weit, so gut, bis jetzt war noch nichts Wildes passiert, aber Maik sah mir trotzdem gebannt zu. Hosen waren immer ein Problem. Frage in die Runde: Kennen Sie jemanden, der sich erotisch eine Jeans ausziehen kann, ohne flexibel wie die Schlangenfrau zu sein? Ich nicht. Also knüpfte ich meine Jeans auf, bückte mich zur Seite und zog sie aus. Das war jedenfalls der Plan, bis ich an der linken Ferse hängenblieb, das Gleichgewicht verlor und durch das Zimmer hüpfte, um nicht umzufallen.

Super, soviel zum würdevollen Ausziehen, jetzt nahm mich Maik garantiert gar nicht mehr ernst. Zumindest hatte er so eine schöne Aussicht auf meine Beine, Hintern und Slip. Er saß zufrieden da und schaute mich grinsend an. Ich musste lachen, stemmte die Hände in die Hüften und schaute zurück. »Gefällt's dir bisher?«

»Ja, ist geil, mach weiter.«

Klar, weil du's bist. Das Trägershirt machte zum Glück keine Probleme, als ich es über den Kopf zog. Und dann stand ich nur mit Slip und BH da und fragte mich mit einem Mal, ob der Marinelook so passend war. Vielleicht hätte ich doch etwas Schwarzes nehmen sollen. Aber ich mochte die weiß-blauen Streifen und das Höschen hatte diese süßen roten Schleifen an den Seiten.

»Hast du schon mal ein Mädchen in Unterwäsche gesehen?« Außer im Netz.

»Jaja, klar. Ziehst du dich jetzt ganz aus?«

Fordernd war Maik ja gar nicht, das musste man ihm lassen. »Ich hatte gedacht, dass du mich weiter auszieht, dafür habe ich mir extra schöne Unterwäsche angezogen.« Dabei drehte ich mich langsam um meine Achse und wackelte mit dem Hintern.

»Aber wenn du schon so viele Mädchen in Unterwäsche gesehen hast ...« Ich zog mir den BH aus und streifte den Slip ab, zum Glück ohne weiteres Gehüpfe. »Tadaa!«, rief ich und streckte meine Arme aus. Ich stand jetzt nackt vor Maik und ließ ihm Zeit, mich ausgiebig anzusehen.

»Echt geil!«, sagte Maik.

»Freut mich, gefalle ich dir?«

»Klar, die Titten sind super.«

»Willst du mal anfassen?«, fragte ich und streichelte meine Nippel. »Dann komm mal her.«

Statt einer Antwort stand Maik auf und begann meine Brüste zu kneten.

»Vorsicht, ich bin doch keine Gummipuppe.«

»Stimmt, du bist viel geiler.«

Was für ein Kompliment, da habe ich ja Glück gehabt. Trotzdem wurde Maiks Griff sanfter und er knetete meine Brüste sachter weiter, etwas unbeholfen, aber mit offensichtlichem Spaß und durchaus angenehm.

»Das fühlt sich gut an, mach weiter.« Als ob ich ihm das sagen musste. Maik massierte meine Möpse und schaute sich selbst fasziniert dabei zu. Fast wie ein Kind, das zum ersten Mal sieht, wie es pullert, dachte ich und musste aufpassen, nicht zu kichern.

»Du kannst gerne auch den Rest von mir streicheln.« Es fiel ihm sichtlich schwer, meine Möpse loszulassen. Dann hielt er sich nicht lange mit anderen Körperteilen auf, sondern griff direkt nach meinem Hintern. Geil war das Erste, was ihm auch dazu einfiel. Seine Hände strichen über meine Backen und dieses Mal war er sofort weniger grob, sondern drückte und knetete mich langsam und vorsichtig. Und ja, es fühlte sich gut an – auf eine komische Art und Weise, aber gut. Maik roch nach Testosteron, Cool Water und Haargel. Nicht mein Geschmack, aber nicht unangenehm und mit einer anziehenden jugendlichen Männlichkeit. Apropos Männlichkeit, wie sah es denn da aus? Sein Schwanz musste doch inzwischen steinhart sein. Dass der noch nicht die Hose gesprengt hatte … Ich schaute nach unten. Eine deutliche Beule, aber die Jeans hielt. Ich streichelte wie zufällig darüber.

»Alles klar hier unten?«, fragte ich. Maik zuckte und ließ kurz meinen Hintern los.

»Gleiches Recht für alle, oder?« Sagte ich. »Ist doch nur fair, wenn du auch nackt wärst. Willst du dich ausziehen oder soll ich das machen?« Dabei einmal mit der Zungenspitze über die Lippen geleckt, das half immer. Okay, fast immer.

»Das kann ich schon alleine.«

»Klar kannst du das.« Wollte ja nur helfen. Stattdessen setzte ich mich aufs Bett und sah zu, wie er sich rasch auszog. Das heißt, rasch, bis er in Boxershorts vor mir stand und deutlich zu sehen war, dass da noch was ganz anderes stand. Ich schaute auf die spitze Beule, Maik schaute mich an, dann an sich herunter und wurde knallrot.

»Nicht zu übersehen, dass es deinem kleinen Prinzen gefällt«, sagte ich. »Willst du uns nicht vorstellen? Ich würde deinen Schwanz gerne sehen. Wie wäre es mit einem

Begrüßungskuss?« Man war sich nicht sicher, ob Maik wollte oder nicht, aber sein Schwanz wollte definitiv, so wie der zuckte. Maik rang mit sich, Oralsex ja, aber ausziehen? Zeit, ihn noch etwas zu motivieren.

»Ich sitze gerade so passend. Wenn du die Shorts ausziehst, könnte ich deinen Schwanz in den Mund nehmen.« Das funktioniert immer, bei jedem Kerl, die Aussicht auf einen Blowjob wirkt Wunder. Im Handumdrehen war Maik nackt und hielt mir seinen Schwanz hin, der wie eine kurze dicke Banane abstand. Ganz schön viele Haare, mit Intimstyling hatte er es nicht so. Das würde beim Blasen ordentlich kitzeln. Well, comes with the job. Wortwörtlich.

»Komm her.« Ich umfasste seine Hüften und fuhr mit dem Mund langsam vom Bauchnabel zum Schwanzansatz. Maik war angespannt, seine Muskeln hart und in Alarmbereitschaft. »Entspann dich, genieß es einfach.« Ich streichelte seinen Po und seine Schenkel. Er zuckte, als ich sachte an den Innenseiten nach oben strich, bis zu seinem Säckchen, das sich schon klein und fest zusammengezogen hatte. Ich kraulte darüber und sah zu, wie Maiks Schwanz auf und ab hüpfte. Ich hielt ihn hoch und leckte seinen Sack, knabberte daran und kitzelte ihn mit der Zungenspitze. Das machte jeden Boy wahnsinnig und Maik war keine Ausnahme. Er wurde unruhig.

»Wann nimmst du meinen Schwanz denn in den Mund? Du wolltest mir doch einen blasen.«

»Schhh!«, sagte ich. »Nichts überstürzen, das gehört alles dazu. Ein gutes Vorspiel macht Sex noch mal so schön.« Ich kitzelte ihn weiter und sog an seinem Sack. Geruch und Geschmack ... er hatte sich sicher gewaschen, aber er war halt immer noch Maik, da half auch das beste und künstlichste Chemiearoma nichts.

»By the way, auch beim Blasen auf Nummer sicher gehen.« Ich zauberte ein Kondom hervor. »Ich will nicht wie deine Lehrerin klingen, aber Sex nur mit Gummi.« Ob Puppe oder Präser oder Kunstmuschi, alles Gummi. »Kann halt sonst echt unschön werden. Und so ein Pariser kann auch Spaß machen. Besonders mit Erdbeergeschmack.«

Unter uns: Die Teile schmecken furchtbar. Wenn da nicht Erdbeere draufstünde, ich hätte vermutlich Mango geschmeckt, oder Brombeere oder Schlumpf. Aber das musste Maik ja nicht wissen.

»Schau ruhig zu.« Ich zog ihm behutsam den Pariser über, bis er eine rosarote Banane hatte, sozusagen eine Cherrybanane?

»Und jetzt ...« Ich griff seinen Schwanz fest an der Wurzel und führte ihn mir langsam ein. Er füllte meinen Mund gut aus, dicker hätte er nicht sein müssen. Zum Glück war er nicht allzu lang, ich hasse diesen Würgereiz. Deep Throat ist definitiv nichts für mich.

Ich bewegte mich vor und zurück und massierte Maiks Penis vorsichtig mit den Lippen. Wirklich nur ganz vorsichtig und zärtlich und ohne Zunge – trotzdem passierte natürlich das, was ich schon viel früher erwartet hatte und was eigentlich immer passierte. Maik stöhnte, bewegte ein, zweimal seine Hüften, sein Schwanz zuckte und er spritzte in den Pariser.

»Holla, das ist ja eine ganz schöne Ladung«, sagte ich und hielt das Kondom prüfend in die Höhe.

»Scheiße!«, murmelte Maik, dessen Gesicht zwischen Ärger und Enttäuschung wechselte. »Wie soll ich dich denn jetzt ficken?«

»Du kannst doch bestimmt mehrmals hintereinander, oder? So jung und fit, wie du bist. Wir warten einfach etwas und dann ...«

»Komm, laber keinen Scheiß, ja? Von wegen, das ist ganz normal und so. Das ist scheiße.«

Nein, das ist ganz normal, wollte ich sagen, hielt mich aber zurück. Das wäre nicht gut angekommen. Stattdessen legte ich das Kondom zur Seite und zog Maik neben mich. Er ließ es brummend geschehen, zu sehr mit seinem Schnellschuss beschäftigt.

»Aber mal ehrlich, es dauert nicht mehr lange, bis dein Schwanz wieder hart ist. Wir könnten ja etwas nachhelfen.« Ich zwinkerte ihm zu. »Ich mach' dir einen Vorschlag. Du hast sicher noch nie einem Mädchen zugesehen, wie es sich selbst befriedigt hat, oder? Dann bleib mal sitzen schau mir zu, wie es mir selbst mache.«

Ah, ich bin so gut, zwei Fliegen mit einer Klappe. Maik bekommt garantiert wieder einen Ständer, ich bin gleich feucht genug, um ohne Gleitgel ficken zu können, und Maik lernt etwas über weibliche Anatomie. Drei Fliegen, cool und ganz ohne eine Spanische ... Ich rutschte hoch und legte mir die Kissen zurecht, sodass ich halb lag, halb saß. Maik sah mit großen Augen zu. Von seiner Machoattitüde war nicht mehr viel übrig, so wie er dasaß, war er nur ein nackter Junge, der beim Ersten Mal zu früh gespritzt hatte. Die beste Art, damit umzugehen war, ihm etwas zu tun zu geben oder wenigstens zum Zuschauen.

»Kannst du mich gut sehen? Meine Muschi?«

Maik zog die Augenbrauen zusammen, als wollte er sagen, was das denn für eine bescheuerte Frage sei. Er nickte. Sein Blick wanderte meinen Körper entlang und blieb erst bei meinen Möpsen, dann zwischen meinen Beinen hängen.

»Warum bist du denn nicht rasiert?«

Okay, immer noch Macho. Necken wir ihn mal etwas.

»Bin ich doch. Meinst du, da unten ist es von Natur aus so ordentlich?«

»Boah, nein, ich meine, warum hast du deine Pussy nicht komplett rasiert?«

»Damit ich da unten aussehe wie ein kleines Mädchen? Ich finde meine Muschi schöner, wenn da noch Haare sind, sauber und ordentlich, ein schicker Streifen. Außerdem, du bist doch auch behaart.«

Maik stieß hörbar Luft aus. »Das ist doch was ganz anderes. Bei Jungs ist das normal. Männer können viele Haare haben. Aber bei den Girls, nee. Ich finde, Frauen sollten nirgendwo Haare haben außer am Kopf.«

Es gibt so Momente, wissen Sie, da – egal.

»Es ist, wie's ist. Die Geschmäcker sind verschieden«,

sagte ich, ließ meine Rechte zwischen die Schenkel gleiten und fing an, langsam meine Kleine zu streicheln. Meine Linke wanderte zu meinen Möpsen. Maik war still geworden und sah mir gebannt zu. Mein Schritt fing an zu kribbeln, dieses vorfreudige Gefühl, wenn die Kleine wach wird und merkt, gleich gibt's Action, jetzt geht's los. Ich massierte stärker und schneller, meine Erregung nahm zu und wanderte meine Schenkel entlang.

»Ist doch toll, oder?«

»Hm, geil.«

Natürlich bin ich geil. Ich lächelte in mich hinein. In der Top 3 der Dinge, die Jungs garantiert heiß machen, geht der zweite Platz an … einem Mädchen beim Wichsen zusehen. Knapp vor dem Anblick eines Mädchens, das lasziv eine Banane isst. Und Platz eins? Ersetzen Sie einfach die Banane durch … na, Sie wissen schon. Wie geht der blöde Witz – das sagt man doch nicht, so etwas würde ich nie in den Mund nehmen? Dazu kamen wir später. Jetzt spielte ich erst mal mit meiner Muschi und was soll ich sagen, ich wurde feucht. Von den Berührungen und der Situation. Haben Sie schon mal nackt vor einem Jungen gesessen und es sich selbst besorgt? Irres Gefühl, müssen Sie unbedingt ausprobieren.

Ich tastete nach meinem Schlitz und steckte mir den Finger in die Muschi. Erst langsam, dann schneller, rein, raus und gleichzeitig rubbelte ich meine Klit. Oh Gott, ja, das war geil. Maik verfolgte jede Bewegung meiner Finger mit großen Augen. Seine Hände lagen in seinem Schritt und ... oha, ja, da regte sich etwas. Sein kleiner Prinz war fast wieder bereit. Genauso bereit wie ich – ich wollte jetzt einen Schwanz in mir spüren. Ich spreizte die Beine und nickte Maik zu.

»Komm, ich will dich in mir ...«

Das ließ er sich nicht zweimal sagen. Sein Ständer war noch einmal gewachsen und stand jetzt wieder stramm und steif wie am Anfang, bereit für die Action. Das große Privileg der Jugend, ohne Probleme mehrmals in Serie zu können.

»Leg dich über mich.« Hoffentlich ließ er sich jetzt nicht fallen, zuzutrauen war es ihm, aber so viel Rücksicht nahm er dann doch. Sofort fing er unbeholfen an, mit seinem Schwanz nach meiner Muschi zu suchen, und stieß überallhin, nur nicht in das richtige Loch. Ich nahm ihn schnell in die Hand und steckte seine Spitze rein. Oh ja, was für ein wundervolles Gefühl. Kaum war er in mir, fing Maik an, wild zu stoßen. Bei dem Tempo würde er schnell wieder spritzen.

»Schhh, sachte«, sagte ich und streichelte ihm über Rücken und Po. »Nicht so schnell, wir wollen das doch genießen. Ich möchte lang und intensiv gefickt werden. Versuch mal, deinen Schwanz langsam und vorsichtig zu bewegen, zieh ihn ganz raus und schieb in mir tief rein. Oh ja, so ist das gut ... ja, das ist sehr gut, geil.« Maik lernte schnell und bewegte sich sehr sachte. Ich konnte spüren, wie er seinen Penis herauszog und dann kraftvoll in mich eindrang.

Wunderbar, was für ein geiler Job. Ich lag da, spürte seinem Schwanz nach und ließ mich genüsslich schnurrend ficken. Dann begann ich, meine Hüften zu bewegen, und schob sie ihm bei jedem Stoß entgegen. Maik stöhnte und hatte diesen halb wahnsinnigen, leicht weggetretenen Blick, den Jungs manchmal beim Sex haben.

Ich spannte meine Muschi an und massierte seinen Schaft. »Na, magst du das?« Sein Stöhnen reichte als Antwort. Er wurde schneller, aber das war mir ganz recht, ich wollte ihn jetzt fest in mir spüren. Ich griff seine Pobacken und presste sie.

»Gut so, ja, das ist gut .... Gib's mir.«

Maik war rot geworden, er glühte geradezu. Er fickte mich mit kräftigen, schnellen Bewegungen. Sein Sack klatschte gegen meinen Hintern und jedes Mal, wenn er stieß, überkam mich ein Schauer und ich konnte meine Hüftbewegungen nicht mehr kontrollieren. Meine Backen tanzten und meine Pussy schnappte gierig nach Maiks Schwanz. Maik fickte mich ein, zwei Minuten, dann stöhnte er plötzlich und ich spürte, wie sein Schwanz heftig pumpte. Noch ein paar Mal meine Klit gerubbelt und ein paar Sekunden später kam ich ebenfalls.

Wir saßen nackt nebeneinander im Schneidersitz und erholten uns vom Sex.

»Und jetzt ehrlich: Wie fandest du's?«, fragte ich.

»Na geil. Du bist ja richtig abgegangen. Wenn ich das meinen Freunden erzähle, wie ich's dir besorgt habe!«

Oh Mann, Maik, hörst du dir eigentlich selbst zu? Ich tat so, als ob ich das nicht gehört hätte, man muss ja nicht auf alles reagieren.

»Ich fand's auch geil.« Ich konnte mich gerade noch stoppen, Maik auf die Schulter zu klopfen und zu sagen: Das hast du gut gemacht. Warst ein ganz Braver. Stattdessen sagte ich, was alle Kerle hören wollen: »Du warst gut, mir ist es so was von gekommen ... Hm, hast du eigentlich noch Fragen?«

»Hä, was für Fragen?«

»Ich bin doch nicht nur hier, um mit dir zu vögeln, sondern damit du etwas lernst. Versteh das nicht falsch, ich finde, du kannst schon viel, aber wir haben ja noch Zeit. Da dachte ich ...«

Maik unterbrach mich lautstark. »Bin ich in der Schule, oder wie? Du bist doch hier, damit ich es dir besorge.«

Ja und nein. Eher nein. Definitiv nein. Versuchen wir es anders. Ich hatte eine Idee. »Willst du es mir noch mal besorgen? Ich könnte auf jeden Fall noch mal, dein Schwanz war schon echt gut. Du schaust doch Pornos. Was macht dich denn besonders scharf?«

»Ich find' das geil, wenn so'n Kerl es dem Girl von hinten besorgt. Oder wenn sie auf ihm sitzt und er sie alle Arbeit machen lässt. Weißt du, nur daliegen und genießen und schön zusehen, wie ihre Titten ...«

Ja, schon klar, mein kleiner Chauvi, das Mädchen arbeiten lassen, dann vor ihr kommen und am besten hinterher fragen: Und, wie war ich?

Ich glitt mit der Hand in Maiks Schoß und tastete nach seinem Ding. Weich, klein und niedlich, wie ein putziger Handschmeichler. Aber mit enormem Wachstumspotenzial. Maik sah mich fragend an, sagte aber nichts. Dafür reagierte sein Schwanz. Während ich ihn streichelte und die Eier kraulte, konnte ich ihm beim Wachsen zusehen, bis er fünf Minuten später wieder stand.

»Du bist ja unverwüstlich, krass.«

Das gefiel ihm. Lektion zwei, lobe die Potenz eines Jungen und er frisst dir aus der Hand. Maik sah mich mit triumphierendem Lächeln an. »Was hast du denn erwartet?«

»Nichts, dann kann man nicht enttäuscht werden. Wie wär's, zum Schluss noch deine Lieblingsstellung? Ich würde gerne auf dir reiten.« Das gab Maiks Schwanz den letzten Kick – das oder die Rubbelei.

»Leg dich hin und überlass mir den Rest.« Ich ließ Maiks Schwanz los und machte ihm Platz. Maik legte sich hin, sein Schwanz stand auf, wie ein echtes Stehaufmännchen. Ich fragte mich, ob ich überhaupt so oft konnte wie er. Er hatte die Arme hinter dem Kopf verschränkt und sah mich erwartungsvoll an. Wenn er nur nicht so überheblich, dumm und chauvinistisch wäre, das Ficken war gut und sein Schwanz großartig. Aber ich hütete mich, ihm das zu sagen.

Ich spielte nebenbei mit meiner Pussy, die sich nach dem Orgasmus erst einmal in die große Pause verabschiedet hatte und nicht so aussah, als wäre sie bald wieder zurück. Auch wenn ich echt Bock auf einen Ritt hatte. Null Problemo, Steffi, es gibt für alles ein Mittelchen.

»Bin gleich wieder da. Und fang ja nicht ohne mich an.« Natürlich lachte Maik, während ich ein neues Kondom und eine Tube Gleitgel holte.

»So, jetzt mal mit Noppen, was meinst du?«

»Reicht dir mein Schwanz alleine nicht?«

Mir lag schon eine schnippische Antwort auf der Zunge, aber Maik fuhr fort: »Noppen sind geil.« Hm, kennt er noch ein anderes Wort außer geil? Vermutlich nicht. Ich streifte ihm den Pariser über und verteilte großzügig Gleitgel auf Maiks Schanz und in meiner Muschi. Dann ging ich in die Hocke und ließ mich langsam auf seinen Schaft gleiten. Es glitschte und er war komplett in mir. Sofort spürte ich wieder das Kribbeln und merkte, wie meine Muschi reagierte. Die Kleine brauchte nur eine extra Einladung.

Maik begann plötzlich, seine Hüften zu heben und in mich zu stoßen.

»Ruhig, Brauner«, sagte ich und legte ihm mit sanftem Druck die Hand auf den Bauch. »Ruhig, lass mich erst mal machen. Manchmal wollen wir Mädchen die Kontrolle haben. Lass dich mal verwöhnen. Oh ja, besser so, schau mir einfach zu. Merkst du, wie ich mich bewege und deinen Schwanz massiere? Und meine Titten …« Ich fing an, mich langsam auf und ab zu bewegen und meine Möpse zu massieren. Tittenmassage, extra intensiv. Platz vier auf der Anmachliste.

Durch das Gel war meine Muschi wunderbar glitschig und glitt leicht auf Maiks Schwanz auf und ab. Ich spürte ihn tief in mir und ließ mich von innen massieren. Ein wohliges Gefühl durchfuhr mich, das sich in warmen Wellen ausbreitete. Aber hier ging es nicht um mich, die Hauptperson lag unter mir und ließ sich von mir vögeln. Ich brauchte nicht zu fragen, ob es Maik gefiel, sein Gesicht sprach Bände. Er hatte wieder angefangen, seine Hüften zu bewegen, klein und unbewusst, aber das war in Ordnung, er hatte halt Spaß.

»Merkst du, wie ich mich auf und ab bewege? Warte, das ist keine blöde Frage, ich meine, oh ja ... jaaa ... Sorry. Ich meine, ich lasse deinen Schwanz ganz aus mir rausgleiten und setze mich dann wieder darauf. Entweder so langsam wie jetzt – oder schneller.« Ich wechselte von sanftem Schritt in geilen Galopp.

»Oh, oh«, stöhnte er. Das war schon geil, ich hatte lange keinen Jungen mehr geritten und merkte erst jetzt, wie mir das gefehlt hatte. Für eine Weile machte ich einfach weiter, dann wurde ich langsamer. Das gefiel ihm nicht, er war so erregt, dass er begann, seine Hüften wild zu bewegen und seinen Penis in mich zu rammen. Zum Glück zielte er gut und statt blauer Flecken fühlte ich ... ich ... oh Gott, ja, fick mich, fick mich, dachte ich. Jetzt langsam ... Ich versuchte, Maik zu beruhigen.

»Nicht so schnell. Ich will dir etwas zeigen. Ja, so ist gut. Eben habe ich mich auf und ab bewegt, ich kann aber auch mein Becken rotieren und kippen. So, merkst du das?« Ich merkte es auf jeden Fall und musste mich arg zusammennehmen, um nicht auszuflippen.

»Das ... ist ... oh ... wie findest du das? Für Mädchen ist das toll, weißt du, das erregt uns viel stärker ...«

»Ich fand das andere geiler, wie du geritten bist.«

»Dann mache ich das noch mal und ...« Ich hoppelte wieder, das war nicht so intensiv, aber ... auch gut.

Maik stöhnte, sein Schwanz schien zu wachsen, er füllte meine Muschi völlig aus. Ich hielt es nicht mehr länger aus, scheiß auf Didaktik und Rücksicht, ich wollte jetzt kommen. Ich griff nach Maiks Hand und legte sie mir zwischen die Beine.

»Hier, streichel mich da, ja da, fest über meine Klit. Oh ja, so, das, ist, gut!«

Maik hatte genug Pornos gesehen, um zu wissen, was ich wollte. Er drückte und rubbelte und massierte sie in kleinen Kreisen. Das war geil, gerade weil er noch unbeholfen war. Ich ritt Maik im Galopp und ließ seinen Schwanz nur so rein- und rausfliegen. Warme Schauer fuhren durch meinen Körper, ich merkte, wie sich alles anspannte und kurz davor war, zu explodieren. Ja, oh Gott, ich ficke ihn, ich ficke ihn ... Und dann kam ich und schrie. Oh Gott, ja, fick mich, ich komme! In dem Moment dachte ich nicht an Maiks Mutter oder die Nachbarn. Eine meiner Schwächen – wenn ich komme, werde ich laut. Richtig laut. Manchen Kunden war das peinlich, aber Maik fand es vermutlich geil, dass alle Welt hörte, wie ich kam.

»Das, jaaa ...« So wie Maik seine Hüften bewegte, war

er auch kurz vor dem Höhepunkt. Ich tat ihm den Gefallen und ritt weiter. Ich steckte mir seine Finger in den Mund, wollte gerade daran lutschen, da spürte ich, wie Maiks Penis heftig zuckte.

»Geil ... geil ...«, rief Maik, aber nicht halb so laut wie ich. Es dauerte ein paar Augenblicke, bis er wieder zu Atem kam. Dann lächelte ich ihn an und sagte: »Das war toll. Und herzlichen Glückwunsch, drei Orgasmen in zwei Stunden, du bist echt ein amtlicher Hengst. Willkommen in der Wunderwelt des Fickens.«

Julia und Niko

Steffi hat mich gebeten, von meinem Job zu erzählen, und ehrlich – leicht fällt mir das nicht. Ich liebe meine Arbeit, aber darüber sprechen? Das können Sie sicher verstehen. Sie haben vermutlich gerne Sex – aber reden Sie in aller Öffentlichkeit darüber? Eben. Und ich bin längst nicht so extrovertiert wie Steffi.

Womit anfangen? Mit Niko. Das ist gar nicht so lange her, ich kann mich noch gut daran erinnern. Außerdem war Niko so ein lieber Kunde, der ... aber der Reihe nach, ich bin schon wieder mittendrin. Das ist eine meiner größten Schwächen, ich komme immer von Hölzchen auf Stöckchen und verliere dann den Faden.

Ich bin Julia. Mein Alter tut nichts zur Sache, nur so viel, ich dürfte noch nicht mit Twen-Tours verreisen.

Niko war so ein Auftrag wie aus dem Bilderbuch ... was das wohl für ein Bilderbuch wäre? Definitiv eins, das ich mir ansehen würde, überhaupt nicht jugendfrei und – ah, ich schweife schon wieder ab. Niko wohnte gut-bürgerlich in Zehlendorf bei seinen Eltern. Ich klingelte und wartete. Nach wenigen Augenblicken hörte ich Schritte hinter der

Tür und eine Frau mittleren Alters öffnete. Nikos Mutter vermutlich, die mich strahlend anlächelte.

»Hallo, da sind Sie ja. Julia, nicht wahr? Wir haben schon auf Sie gewartet. Kommen Sie doch herein.«

»Vielen Dank.« Ein Reihenhaus, wie man es in jeder deutschen romantischen Komödie finden würde. Musterhaus Typ »Praktisch und Pragmatisch«. Geradeaus das Wohnzimmer, links die Küche und auf der rechten Seite Gäste-WC und eine steile Treppe in die oberen Stockwerke. Alles hell und freundlich und so – normal. Bürgerlich. Sie wissen, was ich meine. Mit großem Jahresplaner an der Wand und Fotos im Treppenhaus. Es roch nach dem Einkauf auf dem Wochenmarkt und in der Ecke stand eine Bio Company-Tüte.

»Kann ich Ihnen die Jacke abnehmen? Und würde es Ihnen etwas ausmachen, die Schuhe auszuziehen? Der Boden kann etwas empfindlich sein.«

Die Fliesen hier im Eingangsbereich? Egal, wenn sie das möchte. »Klar, kein Problem«, sagte ich und zog meine Schuhe aus. Keine zwei Sekunden später hatte ich ein paar Gästepantoffeln an. Gut organisiert war der Haushalt, da gab es nichts.

»Niko ist oben in seinem Zimmer. Ich glaube, er ist schon ganz aufgeregt.«

Natürlich ist er das, schließlich verliert er in Kürze seine Unschuld. Klar ist er da aufgeregt. Wie alle meine Kunden. So wie ich damals. Und Nicos Mutter jetzt. Oder sie redete einfach immer so, was ich inzwischen für deutlich wahrscheinlicher hielt. Hoffentlich war der Junge nicht ganz so hibbelig.

»Ich bringe Sie gleich nach oben. Kann ich denn sonst noch etwas tun? Brauchen Sie etwas? Kann ich Ihnen helfen?«

Das hätte Niko sicher gerne, dass seine Mutter dabei hilft, wenn ich mit ihm schlafe. Die Vorstellung war ... weird. Helikoptereltern hin oder her, das wäre dann doch zu viel des Guten gewesen. Aber das konnte ich ihr schlecht sagen. Stattdessen sagte ich vorsichtig:

»Nein, aber vielen Dank. Ich denke, Niko und ich kommen gleich alleine zurecht. Achten Sie einfach darauf, dass wir nicht gestört werden. Ich nehme an, Niko kann sein Zimmer abschließen?«

Sie nickte eifrig und bevor sie den Mund öffnen konnte, fügte ich hinzu: »Wunderbar. Meine einzige Bitte ist, dass sich Niko wirklich ungestört fühlt. Nein, noch etwas, das habe ich Ihnen ja schon im Vorgespräch gesagt: Stellen Sie hinterher nicht zu viele Fragen. Wenn er reden möchte, dann wird er das schon machen.«

Da ich den Anflug eines Widerspruchs in ihrem Gesicht sah, fügte ich schnell hinzu: »Sie sind doch sicher auch nicht direkt nach Ihrem ersten Mal zu Ihren Eltern gelaufen, oder?« Ich lächelte.

Nikos Mutter nickte und führte mich die Holztreppe hoch. Das ganze Haus kam mir vertraut vor, es war genauso angelegt wie das meiner Eltern, in dem ich aufgewachsen war und immer noch lebte. Von den Zimmern im zweiten

Stock war nur eins bewohnt, Nikos Bruder war vor Kurzem zum Studium ausgezogen, hatte ich in Erinnerung. An einer der Türen hing ein großes Hertha-Poster. Ein Tor im Olympiastadion und das Wort: Hinein! Sollte wohl heißen: Willkommen.

Nikos Mutter klopfte und öffnete die Tür.

»Niko? Julia ist hier. Die junge Frau von der Agentur.« Sie ließ mich ins Zimmer und blieb erwartungsvoll in der Tür stehen. Ich wartete, dass sie ging, aber sie reagierte erst, als ich ihr einen freundlichen Blick zuwarf.

»Ihr kommt alleine zurecht, oder?« Was für eine Frage. Ich sah sie weiter an.

»Gut, dann ... bin ich mal im Garten.«

»Ist gut, Mum«, sagte Niko, der an seinem Schreibtisch vor dem Computer saß und jetzt aufstand.

»Hallo Niko«, sagte ich. »Ich bin Julia, ich freue mich! Wollen wir uns nicht richtig begrüßen?« Zum Glück war er nicht zu schüchtern dafür, wir umarmten uns, Küsschen links, rechts, links. Danach sah ich mich in Nikos Zimmer um. Poster und Deko können ja viel aussagen. Sag mir, was an deiner Wand hängt, und ich sage dir, was für ein Mensch du bist. Bei Niko war das nicht schwer.

»Hertha-Fan?«, fragte ich und schenkte ihm ein aufmunterndes Lächeln.

»Hm, ja.«

»Ganz ehrlich, ich habe ja keine Ahnung von Fußball. Ich gucke immer nur, wenn WM oder EM ist. Warst du schon einmal auf der Fanmeile? Ich war 2018 mit meiner

Familie da, das war schon toll. Mit allen anderen zu singen und zu jubeln und so.«

»Nein, noch nie. Meine Eltern wollten das nicht so gerne.« Er versuchte ein Lächeln, das aber nur auf einer Seite gelang. Dafür sah es umso niedlicher aus. Überhaupt hatte Niko etwas Niedliches. Mittelgroß, irgendwo zwischen schlaksig und durchtrainiert, dunkelblonde lockige Haare. Auf jeden Fall auch privat niemand, den ich direkt von der Bettkante stoßen würde. Seine Augen schauten offen und warm und sein ganzes Gesicht sah … lieb aus. Lieb, wach, aufgeregt und schüchtern.

»Warm hier. Was dagegen, wenn ich mir was ausziehe?« Okay, das war billig. Aber effizient und bei Niko konnte ich das machen. Dafür habe ich inzwischen ein Gefühl. Mit manchen Kunden muss ich erst eine Weile reden, bevor es losgeht. Das sind nicht immer diejenigen, die besonders schüchtern wirken, manchmal sind es gerade die Jungs, die … egal.

Außerdem war es tatsächlich warm.

Ich zog flott Shirt und Shorts aus und stand in Top und Höschen da. Niko kämpfte sichtbar mit sich. Einerseits wollte er mich genauer ansehen, andererseits höflich sein und mich nicht so anstarren. Am Ende griff er nach einer Wasserflasche und fragte, ob ich etwas trinken wolle.

»Gerne, es ist ja wirklich warm heute. Und du kannst mich ruhig ansehen. Das macht mir überhaupt nichts aus. Du siehst mir schon nichts weg.« Ich machte eine Pirouette, damit Niko mich besser sehen konnte, und setzte mich dann mit einem Glas Wasser aufs Bett. Vertrauen gewinnen und eine gute Atmosphäre schaffen war das Wichtigste. Ich bin ja keine Prostituierte, die die Beine breit macht und losvögelt. Vertrauen gegen Vertrauen ...

»Soll ich dir mal ein wenig über mich erzählen?«, fragte ich Niko. Er nickte.

»Was willst du denn von mir wissen? Wie ich heiße, weißt du schon. Ich bin ungefähr so alt wie du und in Berlin aufgewachsen. Ich bin gerade mit der Schule fertig und überlege noch, was ich als Nächstes machen soll. Studieren? Oder lieber ein soziales Jahr? Es gibt so viele spannende Möglichkeiten. Und du, was hast du vor, nach der Schule?«

»Ich weiß noch nicht. Vielleicht Lehramt studieren.«

»Cool, das habe ich auch vor. Welche Fächer denn?«

»Mathe und Sport.«

»In Sport bist du sicher spitze«, sagte ich. »Bei dem Körper. Aber apropos Turnen und so. Mein erstes Mal war mit siebzehn. Ich war ziemlich schüchtern und habe mich nie getraut, Jungs anzusprechen. Als Mädchen hatte ich es zwar einfacher, es gab schon den einen oder anderen, der sich für mich interessierte. Aber leider waren das selten die, die ich toll fand. Ein paar Mal habe ich rumgeknutscht und ich glaube, ich war mit ein, zwei offiziell zusammen, aber mehr als Händchenhalten und Küssen war da nicht drin. Aber mit Pavel wurde das alles anders.«

Ich machte eine kurze Pause.

»Bevor ich weiterrede, es ist wirklich warm.« Ich zog

mir das Top über den Kopf und stand jetzt in meiner hellrosa Unterwäsche da.

»So lange zu stehen ist anstrengend, kann ich mich vielleicht auf deinen Schoß setzen?« Niko schluckte und nickte, also setzte ich mich und schlang einen Arm um ihn. Er roch frisch geduscht und männlich, nach Zitrus und Tanne.

»Pavel war für ein halbes Jahr bei uns, auf der Walz. Du weißt, was das heißt, oder? Sorry, blöde Frage. Meine Eltern haben eine Schreinerei und er hat für eine Weile dort gearbeitet. Statt Bezahlung konnte er kostenlos bei uns übernachten und essen. Als ich ihn das erste Mal sah, war es direkt um mich geschehen. Er war ein Bild von einem Mann. Braune Augen, dunkles Haar und er roch immer nach frischem Holz. Es war merkwürdig, in seiner Gegenwart war ich mit einem Mal überhaupt nicht mehr schüchtern. Vielleicht lag das an seiner ruhigen Art oder seiner weichen Stimme, ich weiß es nicht, aber ich konnte mich fallen lassen – und er fing mich auf …

Es dauerte nicht lange, eins kam zum anderen und als meine Eltern an einem Wochenende auf einer Messe waren, da ist es dann passiert.«

Ich rutschte auf Nikos Schoß hin und her und streichelte ihn. Er war ganz Ohr für meine Geschichte, aber seine Augen wanderten immer wieder zu meinem Busen. Zeit für den nächsten Schritt. Ich nahm seine Rechte und legte sie auf meine Hüfte.

»Pavel wirkte so stark, wenn er mit den Baumstämmen

und den Holzplatten umging. Er war jedenfalls stark genug, mich die Treppe hochzutragen und aufs Bett zu legen. Und dann war er so unglaublich sanft ... ich hätte nicht gedacht, dass die Hände eines Schreiners so sanft sein können. Mit viel Fingerspitzengefühl zog er mich aus und streichelte mich am ganzen Körper.« Ich ließ meine Finger wie zur Illustration über meinen Körper fahren. Nikos Blick folgte meinen Händen.

»Magst du mich etwas streicheln? Das wäre schön.« Er mochte. Schüchtern fing er an, meinen Rücken und meine Hüfte zu berühren. Während ich weiterredete, wurde er mutiger und strich immer wieder über meinen Hintern, was ich mit einem wohligen Schütteln quittierte, um ihn weiter zu ermutigen.

»Ich hatte die Augen geschlossen und spürte seinen Fingern nach, wie sie vom Hals bis zu den Zehen meinen Körper entlangfuhren und meine Linien nachzeichneten. Pavel war so geschickt, dass es zwischen meinen Beinen anfing zu kribbeln. Das war ein Gefühl, dass ich bisher kaum kannte, nur gelegentlich, wenn ich mich selbst streichelte. Ich öffnete meine Beine und dann ... fing Pavel an, meine Möse zu streicheln und zu küssen und wunderbare Dinge damit zu machen. Ich hätte das da noch nicht so genannt, aber ich wurde feucht und wollte ihn in mir spüren. Ja, ich hatte Angst, aber ich wollte unbedingt mit ihm schlafen.

Als er in mich eindrang, war er ganz vorsichtig. Es tat kurz weh und dann war es nur noch wunderschön. Sein

Penis war so hart, Pavel war stark und ich ließ mich fallen und von ihm vögeln.«

Ich sah Niko an und nickte. »Und das war der Startschuss ... okay, blöder Begriff in dem Zusammenhang. Ich wollte sagen, ab dem Moment war meine Schüchternheit wie weggezaubert. Warum auch immer. Und mir war klar, ich möchte Anderen helfen, Spaß am Sex zu bekommen. Für jeden soll das erste Mal so schön sein wie für mich mit Pavel. Und deswegen bin ich hier ...« Ich grinste schief und zuckte mit den Schultern.

»Was sagst du, willst du mich ausziehen?« Ohne eine Antwort abzuwarten, hüpfte ich von Nikos Schoß und stellte mich mit dem Rücken vor ihn.

»So ein BH-Verschluss kann schwierig sein. Probier's einfach mal.« Sie glauben nicht, was ich da schon alles erlebt habe. Jungs, die frustriert nach 10 Minuten aufgaben. Rote und blaue Flecken, weil den Kunden der Verschluss immer wieder aus den Fingern glitt und gegen meinen Rücken schnellte. Und viele zerrissene Exemplare. Aber Niko stellte sich geschickter an als gedacht und hatte meinen BH im Nu auf. Respekt. Dafür hatte er eine Belohnung verdient. Ich streifte den BH ab und dreht mich um.

»Hier«, sagte ich und legte Nikos Hände auf meine Brüste. »Ich weiß, sie sind nicht so groß, aber ich finde, sie haben eine schöne Form. Kannst du gerne streicheln. Wenn du willst, kannst du sie auch sanft kneten.«

Das ließ er sich nicht zweimal sagen.

»Deine ... Brustwarzen sind ganz fest. Heißt das, du bist erregt?«, fragte Niko. Oh mein Gott, wie süß.

»Na, steif vor Kälte sind sie wohl kaum.« Ich ließ Niko eine Weile meine Brüste kneten und die Nippel streicheln, da kam mir eine Frage.

»Das fühlt sich schön an. Und eben mit dem BH, das ging echt schnell. Wenn ich es nicht besser wüsste, würde ich denken, du hast dich vorbereitet.«

Niko hielt inne und druckste herum. »Ja, hmm ...«

»Wie denn?« Ich hatte da so eine Ahnung. Niko druckste kurz herum, bevor er mit der Sprache herausrückte.

»Ich habe ein paar Pornos geschaut.« Nur ein paar? Vermutlich ein paar mehr, oder? Aber ich hörte ihm weiter lächelnd zu.

»Ich glaube, ich ... habe eine Vorstellung davon, wie alles so funktioniert. Und ich habe viel in Foren gelesen.« Er zögerte und ich sah ihn aufmunternd an. »Und ich habe mir die letzten Tage mehrmals einen runtergeholt. Damit ich heute länger durchhalte.«

Oh mein Gott, war das süß. Niko war der erste Kunde, der mir das erzählte. Holt sich extra vorher einen runter, damit er nicht sofort kommt. In dem Moment hätte ich ihn knuddeln können. Stattdessen sagte ich: »Ich bin mir sicher, dass du lange durchhältst. Und selbst wenn nicht, wäre das ja keine Schande, oder? Alle Jungs sind beim ersten Mal schnell dabei, das ist völlig normal. Und außerdem: Wir haben ja keinen Druck, ich kann bis heute Abend bleiben. Da ist genug Zeit ...«, sagte ich.

»Aber jetzt ...«, fuhr ich fort und zog mir mein Höschen aus. Ich stand nackt vor Niko und bekam wie immer in dieser Situation kurz Panik. War ich überall rasiert? Das wäre mir dermaßen peinlich, wenn ich irgendwo Haare vergessen hätte. Ich fuhr mir mit den Händen sinnlich, wie zum Provozieren über meinen Körper und checkte schnell, ob ich Haare fand. Achseln, check. Arme, check. Beine, check. Möse, check. Puh, alles glatt.

Niko sah mich hingebungsvoll an, begehrend, zurückhaltend, kaum noch schüchtern und inzwischen geil. Ein schneller Blick auf seine Hose, ja, er war definitiv geil. Also keine Zeit verlieren, dachte ich und fing an, ihn auszuziehen. Er wollte mir helfen, aber ich hielt seine Hände fest und sagte ihm, er solle mich mal machen lassen. Bei dem Wetter war das Ausziehen zum Glück leicht und keine dreißig Sekunden später standen wir nackt voreinander. Niko sah ohne Klamotten so aus, wie ich ihn mir vorgestellt hatte. Ein paar Muskeln, ein bisschen Speck, schlank, aber nicht dünn. Und jetzt im Sommer überall braun, bis auf den Sitz der Badeshorts.

Er war erregt, das war nicht zu übersehen. Warum also länger warten?

»Ich will jetzt mit dir schlafen«, sagte ich und strich Niko über die Brust. »Eine Sache brauchen wir noch ...«, fügte ich hinzu und angelte mir ein Kondom und das Gleitgel aus meiner Tasche.

»Niemals ohne, richtig?«, sagte ich lächelnd, während ich die Packung aufriss und Niko den Präser überstreifte und ein bisschen Gel darauf verteilte. Ich hätte mich auch erst einmal von ihm lecken lassen können, um feucht zu werden. Aber ich hatte einen Plan. Und ich wollte hinterher sagen können: Ich liebe es, wenn ein Plan funktioniert. Auch ohne Zigarre.

»Komm ins Bett.«

Ich schlug die Bettdecke zur Seite und warf mich auf die Matratze. Alles war so weich, das war – wie hieß das? Genau, Nicki. Ich musste innerlich schmunzeln beim Gedanken, Niko schläft auf Nicki. Oder in Nicki. Aber jetzt erst einmal auf, mit und in mir. Wobei – noch stand er neben dem Bett und sah mich an. Sein Blick glitt über meinen Körper und blieb immer wieder an meinen Brüsten und zwischen meinen Beinen hängen.

»Du kannst mich erst einmal nur ansehen und streicheln, wenn du möchtest.« Ich klopfte mit der Hand neben mich. »Setz dich doch.«

»Hm«, brummte er und setzte sich neben mich. Ich spürte seine Blicke überall auf meinem Körper.

»Und wie ist das, hast du schon einmal ein Mädchen nackt gesehen?«

»Auf Bildern und in Filmen.«

»Nein, ich meine in echt. Hast du?« Ich nahm seine Hand, legte sie auf meinen Oberschenkel und führte sie vorsichtig Richtung Bauchnabel. Es dauerte einen Moment, dann fing Niko an, mich zu streicheln. Nach einer Weile antwortete er:

»Ja, aber nicht so richtig.«

»Was meinst du, nicht so richtig? War sie nicht nackt oder hast du sie nicht ganz gesehen?«

»Hm, einmal am Strand, da war ein Mädchen, die hatte nichts an.«

»Und sah sie schön aus?«

»Ja«, sagte Niko und fügte schnell hinzu: »Nicht so schön wie du, meine ich, aber ja ...«

»He, entspann dich«, lachte ich. »Ich bin nicht eifersüchtig, nur weil du ein anderes Mädchen schön fandst. Aber sie war nackt, oder? So wie ich jetzt?«

»Ja. Und ...« Niko wurde rot. »... und ich fand sie toll. Und das hat man gesehen. Sie auch, glaube ich.«

Lass mich raten, dachte ich, da hat sich bei dir ein Zirkuszelt aufgestellt, was? »Das ist doch nicht schlimm. Im Gegenteil, das ist ein tolles Kompliment. So wie jetzt. Ich meine, es wäre doch viel schlimmer, wenn ich hier nackt liegen würde und bei dir wäre tote Hose, oder? Ich finde, ein steifer Schwanz kann ein tolles Kompliment sein. Und jetzt – tadadadaaa, Trommelwirbel – möchte ich mit dir schlafen. Am besten kniest du dich zwischen meine Beine.« Die spreizte ich noch weiter, damit Niko dazwischen Platz hatte.

»Genau, so.« Mit einer Hand zog ich meine Schamlippen auseinander, mit der anderen führte ich Nikos Penis an den Eingang. Ich bewegte seine Eichel hin und her und kitzelte mich selbst damit.

»Hier geht's rein. Ja, so. Hm, das fühlt sich gut an. Und jetzt kannst du vorsichtig stoßen.«

Das tat er, sachte und langsam, als wenn er sich behutsam vortasten wollte. Durch das Gleitgel glitt sein Penis leicht in mich hinein. Und ja, das ist jetzt vielleicht ein Klischee, aber mich durchfuhr ein Schauer, als er in mich eindrang und mir wurde warm.

Habe ich schon Nikos Penis beschrieben? Kann ich ja jetzt nachholen, obwohl – bemerkenswert war daran nichts. Nicht der längste, den ich hatte und nicht der dickste, aber gerade deswegen sah er genau richtig aus. Gut proportioniert und schön, so schön ein Penis eben sein kann. Unter uns, ich mag Jungs und ihre Glieder, aber ästhetisch ist so ein Penis nicht. Was man damit anstellen kann, klar, aber an sich haben wir Mädchen es mit unseren Mösen doch besser. So eine rasierte Scheide ist einfach viel hübscher anzusehen.

Dafür konnte Niko natürlich nichts. Und eins musste man ihm lassen, also seinem Penis – er war hart und füllte mich wunderbar aus. Niko hatte angefangen, mich langsam, aber gleichmäßig zu vögeln. Dabei stieß er seinen Schwanz bei jedem Stoß ganz in mich hinein und zog ihn so weit hinaus, dass er fast heraus ploppte. Ich stöhnte leise und sofort fragte er:

»Ist das gut so, geht das?« Oh, war der süß! Niko sah mich ehrlich besorgt an und hörte auf zu vögeln.

»Ja, Niko, das ist toll, mach weiter. Ich finde das wunderschön. Wenn ich stöhne, dann nur, weil ich es genieße. Das kennst du doch von deinen Pornos. Und probier aus, was sich wie anfühlt. Du bist heute der Hauptdarsteller.

Versuch mal, deinen Penis ganz tief in mich zu stecken und ... oh, ja, genau so. Wow, das ist tief, ja!«

Mann, war Niko weit in mir. Er füllte mich ganz aus und sein Schwanz saß ganz fest in meiner Möse. Er war kraftvoll und gleichzeitig schüchtern und das war genau die Mischung, die mich so geil machte.

»Wie fühlt sich das an?«, fragte ich ihn und bewegte mein Becken. Niko sah konzentriert und erregt aus.

»Toll ... geil«, sagte er mit leichtem Stöhnen und vögelte mich weiter mit tiefen Stößen, die immer schneller wurden. Lange hielt er das sicher nicht mehr aus.

»Und wie findest du – das?« Ich spannte meine Mösenmuskeln an und massierte seinen Schwanz zusätzlich. Niko stöhnte auf.

»Oh, das ist ...« Er schluckte und schaute mich mit großen Augen an.

»Das gefällt dir, oder?« Mir gefiel es auf jeden Fall und bei Niko hatte ich da auch so eine Ahnung. Er vögelte mich mit schnellen, kräftigen Stößen. Dabei hielt er die Augen geschlossen und dann spürte ich, wie er kam.

»Ohhh!«, stöhnte er. Niko machte noch ein paar Bewegungen und sah er mich an. Ich wusste, was jetzt kam, nachdem er gekommen war. Das, was alle Jungs beim ersten Mal sagten.

»Es tut mir leid, ich konnte nicht mehr.«

Ich zog Niko zu mir runter und umarmte ihn. Er zögerte kurz, aber ließ mich dann gewähren. Für eine Weile hielt ich ihn einfach fest und streichelte über seinen Rücken.

»Alles gut, Niko. Alles ist gut. Das ist ganz normal und überhaupt nicht schlimm.«

»Aber du bist noch nicht gekommen. Ich war zu schnell. Obwohl ich vorher extra ... ich habe gedacht, dann halte ich länger durch.«

»He, mach dir mal keine Vorwürfe. Ich könnte jetzt irgendwelche Statistiken zitieren, dass das ganz normal ist und so. Wie vielen Jungen das beim ersten Mal passiert. Aber das ist doch egal. Wichtig ist, wie es für uns war. Und für mich war es wunderschön. Du warst so stark und gleichzeitig so vorsichtig. Du hast toll gevögelt. Wir was es denn für dich?«

»Es war so ... geil. Du warst so eng. Tschuldigung.« Niko wurde rot.

»Nein, ist in Ordnung, wenn du das gefühlt hast. Erzähl weiter. Ich war eng?«

»Ja, eng. Und feucht und – ich weiß nicht, wie ich das sagen soll. Du hast meinen Schwanz so massiert.«

Ich sagte nichts, grinste und gab ihm einen Kuss auf die Wange. Dann lagen wir eine ganze Weile nebeneinander, quatschten über Sex und über Jungs und Mädchen und Schule und wer weiß was. Es war zwar warm, aber ganz nackt und ohne Bewegung merkte ich eine leichte Gänsehaut und meine Brustwarzen wurden hart. Obwohl das daran liegen mochte, dass ich immer noch erregt war. Nikos Schwanz hatte definitiv ganze Arbeit geleistet. Meine Möse war immer noch hungrig, auch wenn wir nicht über Sex redeten. Und sie machte sich lautstark bemerkbar.

Kannst du haben, dachte ich, und nahm Nikos Hand. Ich erzählte von den Erfahrungen mit Jungs nach Pavel und führte Nikos Hand dabei zwischen meine Beine. Was für ein Gefühl, meine Möse machte kleine Luftsprünge. Niko streichelte mich sanft und tastend. Er erkundete meine Spalte, seine Finger fuhren vorsichtig um mein Hügelchen herum, teilten meine Schamlippen und versuchten, in mich einzudringen. Niko machte das auf eine so unaufgeregte Art, die gerade deshalb aufregend war, dass meine Erregung schnell heftiger wurde.

»Hmm, das ist schön«, schnurrte ich. »Versuch mal, meine Schamlippen zu massieren. Ja, so ... oh, etwas vorsichtiger ... ja, so.« Ich beschrieb ihm, wie er meine Möse am besten streicheln konnte, was Mädchen mögen und was nicht und dass er besser nicht von null auf hundert seinen Finger reinsteckte oder wie wild die Klit bearbeitete. Aber das hätte Niko ohnehin nicht gemacht.

Er vögelte mich jetzt mit seinen Fingern. Es tut mir leid, wenn ich so ordinär bin, aber anders kann ich das nicht beschreiben. Er hatte mich so erregt, meine Möse war feucht und willig und schmatzte jedes Mal, wenn Niko seinen Finger herauszog – wie bei einem guten, leckeren, saftigen Essen. Ich stöhnte und wollte mich nur noch diesem Gefühl hingeben, spüren, wie Niko mich zum Höhepunkt brachte.

»Oh, Niko, das ist so geil. Ja, steck ihn tief rein. Oh Gott, ja, das ist gut!«

Irgendwo in meinem Kopf war aber eine Stimme, die

mir zurief, ich solle mich nicht so gehen lassen. Scheiße – tschuldigung – ja, Niko war die Hauptfigur. Ich fasste in seinen Schritt und musste gar nicht lange tasten. Sein Schwanz war schon wieder dabei, hart zu werden. Zeit, ihm etwas Gutes zu tun. Oder ... Ich kämpfte gegen mich selbst. Bitte, bitte, lass ihn weitermachen. Nein, das geht nicht, es geht hier um ihn. Aber er hatte doch schon und ich will auch mal. Später, jetzt nicht.

Es kostete mich einige Überwindung, aber ich löste mich von Niko und drehte ihn auf den Rücken. »So, bereit für die zweite Runde?«, fragte ich.

»Wie? Was?«, fragte Niko überrascht. »Soll ich nicht noch weitermachen? Gefällt dir das nicht?«

Statt einer Antwort küsste ich sein Säckchen und fuhr mit meiner Zungenspitze seinen Schwanz entlang bis hoch zur Eichel. Ich kitzelte sie mit der Zunge und küsste sie vorsichtig. Das brachte Niko sofort zum Schweigen. Obwohl, nicht direkt zum Schweigen. Eher dazu, nichts mehr zu sagen, sondern mehr zu stöhnen. Ein paar Mal geleckt – wer möchte noch Eis am Stiel? – und sein bestes Stück stand wieder aufrecht und stark wie eine Eiche. Nur nicht so knorrig. Was mich zur entscheidenden Frage brachte: weiter blasen oder vögeln? Einmal angefangen fiel es mir nicht leicht, mit dem Lutschen aufzuhören. Ein junger Penis schmeckte halt gut. Okay, vor allem nach Gummi, aber deswegen nahm ich immer Pariser mit Aroma. Waldmeister. Auf jeden Fall Geschmacksrichtung grün. Ich lutschte an Nikos Schwanzspitze und ließ sie wie eine Kaugummiblase immer wieder aus dem Mund ploppen. Ich mochte diese Kontrolle, mit seiner Erregung spielen zu können, ihn bis kurz vor den Höhepunkt zu bringen und dann wieder abkühlen zu lassen.

Nikos Penis passte perfekt in meinen Mund. Und wenn ich dann noch sein Säckchen kraulte und seinen Anus massierte, dann – kam er vermutlich zu früh. Also das Schlecken einstellen und den Schwanz anders nutzen. Damit war meine Kleine mehr als einverstanden.

»Du bist ja schon wieder richtig hart. Cool. Was wollen wir denn ausprobieren – willst du mich von hinten nehmen?« Ohne auf ihn zu warten, kniete mich hin und streckte ihm meinen Po entgegen.

»Knie dich einfach hinter ... ja, genau. Ich muss dir ja gar nichts mehr – oh, ja, oh Gott!« Weiter kam ich nicht mit meiner Erklärung, denn Niko war tief in mich eingedrungen. Er begann mich kräftig zu nehmen. Ich spürte seine Hände an meinen Hüften, die mich bei jedem Stoß heranzogen, wie sein Schwanz mich ausfüllte und erregte. Meine Möse war in Ekstase, feucht vor Freude und sie schnappte nach Nikos Glied.

»Das ist so gut. Oh, ja, nimm mich!«, rief ich. Ich drückte meinen Kopf auf die Matratze und meinen Hintern hoch, sodass Niko freie Bahn hatte. Positiver Nebeneffekt: Ich konnte meinen Mund auf die Decke pressen, um meine Schreie zu unterdrücken. Es war mir einmal passiert, dass mir Nachbarn eines Kunden hinterher sagten, eigentlich seien sie ja nicht so und es ginge sie ja auch nichts an und so, aber ich sei schon sehr laut gewesen. Aber offensichtlich hätte ich Spaß gehabt.

Und jetzt bestand akute Gefahr, dass ich schrie. Vor Freude und Erregung. Denn Niko nahm mich mit tiefen und kräftigen Stößen. Er wirkte überhaupt nicht mehr vorsichtig oder zurückhaltend, sondern männlich und selbstbewusst. Ich spürte seinen Schwanz in mir, mit einer Hand zog mich an sich, mit der anderen massierte er meinen Po.

»Oh Gott, ja, nimm mich, ha, das ist gut ...«

Ich fasste mir zwischen die Beine und massierte meinen Kitzler. Lange hielt ich das nicht mehr aus. Ich wollte kommen, gleich, jetzt, Hauptsache Kommen. Nikos Sack klatschte gegen meine Hand und ich spürte, wie sein Schwanz meine Möse dehnte. Meine Klit war hart und tanzte unter meinen Fingern.

Und dann kam dieser wundervolle Moment, der ewig dauern sollte. Wenn die Erregung ihren Höhepunkt erreicht, sich immer weiter in die Länge zieht und sich mit einem Mal Bahn bricht. Es kribbelte, mir wurde heiß und kalt, mein Körper schüttelte sich und ich schrie vor Lust in die Matratze.

Aber was war das? Niko hörte auf zu stoßen. Er wollte doch nicht schon wieder? Doch, er wollte.

»Ist alles gut? Bist du ... also, hattest du ... ?«

Ich lachte, vor Freude, vor Erregung und weil mir die Frage in der Situation so albern vorkam. »Ja, Niko, ich bin gekommen, du hast mich zum Orgasmus gebracht.

Aber jetzt mach weiter. Du musst doch auch kurz vor dem Platzen sein. Du kannst mich einfach weiterficken, wie es dir Spaß macht.«

Er ließ seinen Penis in mich gleiten und nahm seinen Rhythmus wieder auf. Für ein paar Minuten vögelte er mich kräftig und gleichmäßig. Dann wurde er immer schneller, sein Schwanz schien zu pulsieren und dann kam er. Nikos Gesicht verzog sich, als hätte er auf eine zuckersüße Zitrone gebissen. Sein Oberkörper sank auf meinen Rücken und eine Weile blieben wir aneinander gekuschelt liegen, bis sein Penis aus meiner Kleinen glitt und er hektisch aufsprang, damit die Decke auch ja keine Flecken bekam.

Was sonst noch passierte und ob Niko noch ein drittes Mal schaffte, das bleibt unser Geheimnis. Aber als wir uns zum Abschied umarmten, da war Niko nicht mehr so schüchtern wie zur Begrüßung. Vögeln stärkt das Selbstvertrauen, ich sage es ja immer wieder.

Matteo und Jacqueline

Gleichberechtigung wird bei First Amour großgeschrieben. Und kommen Sie mir jetzt nicht mit dem blöden Spruch, dass das ja ein Substantiv ist und immer großgeschrieben wird. Wir sind eine absolut gleichberechtigte Truppe. Wenn überhaupt, dann haben bei uns die Frauen das Sagen. Schließlich schmeißt Therese den Laden und Steffi hat vorgeschlagen, dieses Buch zu schreiben. Was übrigens eine grandiose Idee ist. Ich freue mich schon, von meiner Arbeit zu erzählen.

Am besten erzähle ich etwas über Jacqueline. Die meisten Einsätze sind ja mehr oder weniger gleich. Nicht falsch verstehen, alle meine Kundinnen sind verschieden. Ich habe mal einen Werbespruch gesehen: Jeder Körper ist anders, jede Frau ist schön. Nach mehreren Jahren bei First Amour kann ich sagen, ja, das stimmt. Jedes Mädchen ist schön. Und mit allen hatte ich Spaß. Aber mit keiner so viel wie mit Jacqueline.

Meine Kundinnen sind zu Beginn unserer gemeinsamen Zeit größtenteils schüchtern und zurückhaltend. Das ist ganz natürlich, denke ich, darum geht es doch, sensibel zu sein, sich zusammen vorzutasten – wortwörtlich – und Neues zu entdecken. Die meisten sind da, ich sage mal, vorsichtig.

Nicht so Jacqueline.

Sie wusste genau, was sie wollte. Und tat alles, um es zu bekommen. Das fing schon damit an, dass sie alleine zu Therese kam und mit Nachdruck sagte: »Ich hätte gerne einen Mann.«

Wer nicht, Schätzchen, wird sich Therese gedacht haben. Aber das würde sie niemals sagen. Ich war gerade in der Agentur und sie rief mich direkt dazu.

»Matteo, du bist am Freitag doch noch frei, oder? Würdest du ... Jacqueline, nicht wahr? Hättest du Zeit für Jacqueline?«

Die strahlte mich aus ihren dunkelbraunen Augen so hoffnungsvoll an, was blieb mir anderes übrig, als si zu sagen. Es war richtig rührend, zu sehen, wie sie sich freute. Therese nahm einen ihrer Auftragsbögen und begann ihr übliches Interview, um mehr über die Kundin zu erfahren. Jacqueline strich sich ihr dunkles Haar hinter die Ohren und erzählte: Dass sie jetzt schon 19 sei, keinen festen Freund hatte und noch nie mit einem Mann geschlafen hatte. Dass sie das aber nachholen wollte. Endlich einen Orgasmus mit einem Jungen, nicht nur alleine. Masturbieren würde sie genug und ihr Womanizer sei eine Wucht, aber mal etwas Lebendiges in sich zu spüren – ich sage ja, schüchtern war sie nicht.

Jacky, denn so sollte ich sie nennen, hatte alles genau

geplant. In der nächsten Woche waren ihre Eltern für ein verlängertes Wochenende in Stockholm und sie hatte die ganze Wohnung für sich. »Es wäre total geil ... hihi, total toll, wenn du von Freitag bis Samstag bei mir bleiben könntest.«

Gleich über Nacht? Jacky machte keine halben Sachen. Beim ersten Termin bei der Kundin zu übernachten war ungewöhnlich, aber warum nicht. Mehr Zeit und mehr Ruhe für uns beide und natürlich mehr Geld für die Agentur. Jacky entwickelte sich immer mehr zu einem Auftrag, auf den ich extrem gespannt war.

Szenenwechsel, eine Woche später, vor einer Wohnungstür in Marienfelde. Ich klingelte und war neugierig, was mich wohl erwartete. Jacqueline öffnete und strahlte mich an. »Schön, dass du da bist. Komm rein.«

Ich stellte meine Tasche an die Seite und umarmte sie zur Begrüßung. Sie trug den gleichen Duft wie schon bei uns im Büro, irgendetwas Süßes mit Vanille. Es gab eine kurze Verwirrung, zwei Küsschen oder drei und aus Versehen erwischte Jacky meinen Mund. Obwohl – wirklich aus Versehen? Sie zog mich ins Wohnzimmer. »Komm, ich habe schon alles vorbereitet.«

Hatte sie, die dunkelbraunen Vorhänge waren zugezogen, die Stehlampen in den Ecken verströmten warmes Licht und im Hintergrund sang einer meiner Landsleute, Eros Ramazzotti, von der Liebe.

»Setz dich«, sagte sie, ließ sich auf das Sofa fallen und

klopfte neben sich auf das Polster. Im nächsten Moment sprang sie wieder auf, verschwand aus dem Raum und kam kurz darauf mit einer Flasche Sekt zurück. »Die hätte ich beinahe vergessen. Sekt gehört einfach dazu. Extra der gute von Lutter & Wegner.« Es ploppte und sie drückte mir ein volles Glas in die Hand.

»Hier, lass uns anstoßen. Auf dich und dass du hier bist. Auf mein erstes Mal. Ich habe schon alles vorbereitet. Habe ich das schon gesagt? Ja? Prost.« Wir stießen an und ich dachte nur, wow, was für eine Energie, wie ein Duracell-Hase auf Speed. Hoffentlich kann ich da mithalten. Vielleicht hätte ich vorher doch etwas einwerfen sollen. Zu spät, da musste ich jetzt durch.

Erst mal runterkommen.

»Danke für den Sekt, grazie. Tut gut, so am Ende der Woche. Falls ich es noch nicht gesagt habe, du siehst umwerfend aus.« Das war nicht gelogen, nicht einmal übertrieben. Sie schüttelte den Kopf. Argh, Frauen und ihr Körper, ein schwieriges Thema.

»Ehrlich. Ich finde, du siehst klasse aus. Unheimlich sinnlich, ich habe Lust, mit dir zu schlafen.« Das brachte mir immerhin ein Strahlen ein. »Aber sag mal, wenn du alles geplant hast, wie stellst du dir den Ablauf vor?«

»Ich dachte, als Erstes knutschen wir ein bisschen. Dann duschen wir zusammen. Darauf freue ich mich schon wahnsinnig, ich wollte schon lange mit einem Jungen zusammen duschen. Dann gehen wir in mein Zimmer und du leckst mich, damit ich feucht werde und du gut eindringen kannst. Dann lieben wir uns, zuerst in der Missionarsstellung. Keine Sorge, ich habe sogar eine Unterlage, damit die Matratze kein Blut abbekommt. Und dann sehen wir mal weiter. Rede ich zu viel? Prost.« Sie trank einen Schluck, aber bevor ich etwas sagen konnte, fuhr sie fort. »Ich will auf jeden Fall auf dir reiten. Hast du eigentlich Viagra dabei? Am liebsten möchte ich alle Stellungen ausprobieren. Nein? Oh, vielleicht kann ich dir ja einen blasen, damit du wieder kannst. Zwischendurch können wir essen, ich habe Pizza im Gefrierfach. Und morgen früh machen wir weiter.«

Wow, das war das erste Mal seit Langem, dass ich mich wie ein Callboy fühlte, der nur benutzt wird, nicht wie ein BTA. Aber Jacky redete so unverkrampft, dass ich den Gedanken gleich wieder verwarf. Trotzdem ...

»Du weißt schon, dass zu Sex immer zwei gehören?«

»Klar, aber es geht hier und heute um mich. Da kann ich auch gleich sagen, was ich möchte. Steht doch in jedem Ratgeber, sprechen Sie mit Ihrem Partner über Ihre Wünsche.«

Touché.

»Bene, klingt nach einem Plan. Ich hoffe, ich halte durch.« Ich stellte mein Glas ab, das ein klirrendes Geräusch auf dem Glastisch machte. »Dann komm mal her.« Jacky rutschte näher und setzte sich auf meinen Schoß. Sie schaute mich gleichzeitig ernst und fröhlich an. Ich legte die Arme um ihre Schultern und küsste sie vorsichtig auf den Mund. Sie schmeckte nach – Sekt. Wonach sonst, stupido. Und sie duftete. Ich strich ihr die Haare aus dem Gesicht und legte ihre Brille zur Seite. »Die stört jetzt nur.« Jacqueline schloss die Augen und gleich darauf spürte ich dieses sanfte Kribbeln eines ersten Kusses in den Lippen. Unsere Lippen bewegten sich aufeinander und ich schmeckte nicht nur Sekt, sondern ihr Lipgloss. Was war das – Erdbeere? Himbeere? Vielleicht Kirsche. Fruchtig und salzig. Ich stieß mit der Zungenspitze sachte gegen ihre Lippen, bis die sich öffneten. Unsere Zungen spielten miteinander, dann zog ich meine zurück und wartete auf Jackys. Die brauchte nicht lange, ihren Weg in meinen Mund zu finden. Neugierig und unbeholfen begann sie, meinen Mund zu erkunden. Ich weiß nicht mehr, wie lange wir uns küssten, aber gefühlt eine Ewigkeit. Schließlich lösten wir uns voneinander. Jacqueline holte tief Luft.

»Das. War. Großartig. Wenn das, was jetzt noch kommt, auch nur halb so toll wird ...«

Zwei Gläser Sekt später nahm Jacky meine Hand und stand auf. »Zeit zum Duschen«, befand sie und führte mich durch die Wohnung ins Bad. Sie öffnete die Tür und meine Augen waren augenblicklich überfordert. Bunter Duschvorhang, farbige Kacheln, gepunkteter Klodeckel und kultige Bilder an den Wänden. Der volle Farbflash, aber gerade so, dass es nicht drüber war. Jacky beobachtete, wie ich mich umsah. Sie strahlte. »Toll, oder? Ich habe etwas gebraucht, um meine Eltern zu überreden, aber ich glaube, inzwischen gefällt es ihnen auch.«

Ich hatte so ein Bild im Kopf, wie Jacqueline ihre Eltern überredete. Wenn sie dabei nur halb so entschlossen war wie bei mir, dann hatten die beiden nie auch nur den Hauch einer Chance gehabt. »Mir gefällt es so, ich bin morgens gleich viel fröhlicher. Und jetzt, wollen wir?« Damit zog sie sich den Pulli über den Kopf und begann ihre Jeans aufzuknöpfen. Plötzlich hielt sie inne und sah mich ungewohnt nachdenklich an. »Ich habe mir oft genug vorgestellt, mich hier mit einem Jungen auszuziehen. In meiner Fantasie war das aufregend und total easy. Aufregend ist es jetzt immer noch ...« Sie zögerte kurz. »Ich meine, wer hat mich bisher schon nackt gesehen?«

Ich wollte ihr gut zureden, aber sie redete schon weiter: »Vielleicht ist es einfacher, wenn wir uns gleichzeitig ausziehen? Dann hat das Ganze nicht so etwas von Striptease?«

»Capisco. Raus aus den Klamotten.« Gesagt, getan, wir schlüpften beide aus unserer Kleidung und standen kurz darauf nackt voreinander. Und ob man es glaubt oder nicht, jetzt war sie doch schüchtern, zumindest für ihre Verhältnisse.

Aber nicht lange.

Jacqueline zog mich unter die Dusche und stellte das Wasser an. Ich hatte eine normale Brause erwartet und dass einer von uns immer halb außerhalb des Strahls stehen musste. Nichts dergleichen, ich fand mich in einem tropischen Regenschauer wieder.

»Toll, oder?«, sagte Jacqueline. »Papi wollte die unbedingt haben. Gut, eigentlich wollte ich die, aber ich habe ihn überzeugt, dass so eine Regendusche der totale Wahnsinn ist. Hier, willst du mich einseifen? Danach kann ich ja dann dich waschen.« Sie hielt mir eine Tube mit Duschgel hin, Rose-Vanille. Das Gel roch süßlich und lieblich und es schäumte, als ich es zwischen meinen Händen verrieb. Ich begann, Jacky von oben nach unten einzuseifen, Schultern und Rücken waren zuerst dran, dann fuhr ich mit den Händen sanft kreisend auf ihren kleinen Bauch.

»Mann, fühlt sich das gut an«, sagte Jacqueline. Drückte sie jetzt etwa ihren Rücken durch, damit ihre Möpse weiter vorstanden? Dabei waren die schon groß genug. Sie war wirklich unglaublich, und das sagte ich ihr.

»Du bist wirklich unglaublich. Weißt du, ich hatte schon viele Kundinnen, aber du bist anders. Du bist so gar nicht schüchtern.« Dabei nahm ich ihre Brüste und begann sie zu waschen. Jacqueline zuckte kaum merklich, als ich ihre Brustwarzen berührte. Hatte ich gesagt, dass sie große, volle Möpse hatte? Nichts anderes hätte ich bei ihrer Figur auch erwartet. Ihr Körper ... okay, ja, vielleicht hatte sie nach Laufsteg-Maßstäben ein paar Pfunde zu viel. Und vielleicht auch das eine oder andere Röllchen und Polster. Aber wie ich den rosaroten Schaum auf ihrem nackten Körper verteilte und über ihre Haut strich, da konnte ich mir nichts Sinnlicheres vorstellen, trotz oder gerade wegen ihrer Rundungen. Ich fuhr über ihren Po und massierte das Duschgel gründlich ein. Während sie sich die Haare nach hinten strich, sagte Jacqueline: »Aber ich bin doch schüchtern. Ich stehe das erste Mal nicht allein unter einer Dusche, nackt und mit einem Mann. Und dann lasse ich mich am ganzen Körper berühren. Natürlich finde ich das, hm, komisch? Ungewohnt? Beängstigend? Keine Ahnung, vielleicht alles auf einmal? Aber ich habe mir alles genau überlegt und vorbereitet.«

»Und wie hast du dich vorbereitet?«

»Wozu gibt es das Internet? Wenn es ein Thema gibt, über das man im Netz genug findet, dann doch Sex. Mit Bild und Ton, wenn man will. Hm, das ist schön.«

Ich hatte mich hingekniet und war jetzt dabei, ihre Beine zu waschen. Langsam fuhr ich ihre Schenkel empor und strich vorsichtig über die Innenseiten ihrer Beine. Sie waren hell und etwas fülliger, aber glatt und straff. Ich schaute kurz nach oben und Jacqueline nickte.

»Mach weiter.« Sie stellte ihre Füße weiter auseinander und ich hatte freien Blick auf ihre figa. Kein Härchen war da zu erkennen, sie war genauso nackt und glatt wie der Rest von Jackys Körper. Ihre Muschi war ... wie soll ich sagen, sie war fleischig und genauso sinnlich wie Jacqueline. Die inneren Schamlippen standen klar hervor und alles sah lustvoll üppig aus. Ich hätte sie gerne direkt mit dem Finger gefickt, und das hätte ihr sicher Spaß gemacht, aber ich beherrschte mich und wusch sie stattdessen. Das reichte schon, um Jacqueline zucken zu lassen. Sie wollte instinktiv ihre Beine schließen, öffnete sie aber gleich wieder und streckte mir ihre Hüften entgegen.

Ich gebe zu, ich wusch ihre dolcezza länger als nötig, aber

darum ging es ja. Und Jacqueline genoss meine Berührung. Ihr Körper reagierte auf jede meiner Bewegungen. Mir kam es fast grausam vor, ihr die Tube wieder in die Hand zu drücken.

»So, jetzt du.«

Jacqueline seufzte, aber die Aussicht, mich einzuseifen, entschädigte sie hoffentlich. Und außerdem: der Plan! Ihre Berührungen ... sie waren gleichzeitig unbeholfen und routiniert. Sie hatte mir rasch den Oberkörper eingeseift und traute sich zu meinem Hintern vor. Auf den ich übrigens stolz bin, nur mal am Rande.

»Du hast einen schönen, festen Po«, sagte sie. »Nicht so riesig und schwabbelig wie meiner.«

»Wieso gefällt dir dein Hintern nicht?«, fragte ich. »Das ist doch Blödsinn. Dein Po ist wunderschön, so zart und wunderbar zum Kneten und Streicheln. Ich finde ihn geil.« Das brachte mir ein Lächeln ein. Dann schaute sie nach unten und sah auf meinen Schwanz. Sie zögerte kurz, bevor sie fragte:

»Kann ich ... ?«

»Was für eine Frage.«

»Der ist schon so hart.« Allerdings. Was erwartete sie, ich stand hier nackt mit einem Mädchen unter der Dusche, massierte ihre Muschi und Möpse und ließ mich dann am ganzen Körper streicheln – natürlich war mein Schwanz hart wie nur was. Sie nahm neues Duschgel und verteilte es auf Schaft und Eiern. Ich ließ sie machen, ohne etwas zu sagen. Jackys weiche Finger schlossen sich um meinen

Schwanz und schoben ihn hin und her. Keine Ahnung, ob sie den Begriff Handjob kannte, aber das war einer und gar kein schlechter. Dann kitzelte sie mich an der Eichel, am Sack und anderswo, was mein Penis durch spontane Freudensprünge beantwortete.

»Ist der eigentlich groß?«, wollte sie wissen, während sie ihn prüfend in der Hand hielt. Mit der Frage hatte ich nicht gerechnet und musste improvisieren.

»Ich weiß nicht. Klein ist er sicher nicht, aber ob er groß ist ... darauf kommt es doch nicht an, oder?«

Jacquelines Mundwinkel zuckten nach oben.

»Klar, nein, Technik und so, ja. Ich war nur neugierig. Ich habe noch keinen in echt gesehen und Pornos taugen vermutlich nicht als Referenz.«

»Stimmt. Weder bei Männern noch bei den Frauen. Aber ob meiner groß ist ...«

»Hast du nie nachgemessen?«, fragte Jacky und sah mich neugierig an. Ihre Hände spielten dabei gedankenverloren mit meinem besten Stück weiter, was es nicht gerade leichter machte, mich zu konzentrieren.

»Doch, natürlich habe ich mal gemessen. Das macht jeder mal, denke ich. Wenn du es genau wissen willst, der kleine Matteo ist etwas kürzer als der Durchschnitt, aber deutlich dicker.« Das wurde von Jacqueline mit einem zustimmenden Nicken quittiert, so als hätte ich ihr die aktuellen Börsenkurse vorgelesen. Nach kurzem Nachdenken sagte sie: »Gut, ich wollte schon gerne einen nicht zu kleinen ...« Dann wurde sie wieder rot.

Ich nahm sie in den Arm und glitschig vom Rosen-Vanille-Gel rieben wir uns aneinander. Mein Schwanz bewegte sich wie von selbst zwischen Jacquelines Beine und rieb sich an ihrer Spalte. Ich hatte Lust, gleich hier unter der Dusche mit ihr zu vögeln, sie umzudrehen und von hinten zu nehmen oder zärtlich im Stehen, aber ich wollte auf keinen Fall ihren Plan durcheinanderbringen. Also brausten wir uns ab, wickelten uns in weichspülerduftende Handtücher und Jacky zog mich in ihr Zimmer.

Wo mir der Mund offen stehen blieb. Der wahr gewordene Prinzessinnentraum jedes kleinen Mädchens. Man nehme Twilight, Disney und Prinzessin Lillifee, mixe alles zusammen mit einer gehörigen Portion Rosamunde Pilcher, etwas Game of Thrones und der Pastell-Ecke im Bastel-Laden und voilà, Jacquelines Zimmer. Ich weiß nicht, was ich zuerst wahrnahm, die vielen Romantic-Fantasy-Bücher, die Wände in Rosa-Tönen oder die Herzchenbettwäsche. Wahrscheinlich die vielen Windlichter mit Duftkerzen, die im ganzen Raum verteilt waren. Ich muss mit offenem Mund eine Weile dagestanden haben, denn Jacqueline fragte plötzlich: »Gefällt es dir?«

»Es ist unglaublich. Incredibile. So etwas habe ich noch nie gesehen.«

»Ich verstehe das mal als Kompliment.«

Die Wand über dem Bett hing voller Poster. Edward und Bella. Cinderella. Und ... »Wer ist das denn? Der Mann in der Uniform?«

»Das? Graf Andrassy, aus den Sissi-Filmen. Der sieht unheimlich scharf aus.« Sie fuhr mit der Hand über die Beule, die sich unter meinem Handtuch abzeichnete. »Apropos scharf. Du hast da was. Wollen wir das loswerden?« Sie wickelte mich aus meinem Handtuch und ließ ihres zu Boden fallen. Sie streichelte sachte über meinen Penis, der sich unter ihren Händen bewegte, als wollte er sagen: Es kann losgehen.

»Aalso ...«, sagte sie, ohne aufzuhören, »ich dachte, zuerst leckst du mich. Das sagt man doch so, oder?«

»Ja, kann man. Manche finden das obszön, aber wer sagt schon: Ich werde dich jetzt oral sexuell stimulieren? Das klingt wie eine Doktorarbeit. Da wäre bei mir direkt die Luft raus.«

Jacky lachte. »Stimmt. Aber so eine Doktorarbeit würde doch Spaß machen. Zumindest die Versuche.«

Sie zwinkerte mir zu und legte sich aufs Bett. Wie sie mich so erwartungsvoll ansah, brauchte ich nicht lange zu überlegen. Ich hatte ohnehin schon aufgegeben, hier eine aktive Rolle zu spielen. Jacqueline duldete ja doch keinen Widerspruch. Also kniete ich mich vor das Bett und zog sie an den Knöcheln zu mir.

»Hier, du kannst die Füße aufstellen, dann komme ich besser ran.«

Gleich darauf hatte ich ihre appetitliche junge Muschi unter meiner Nase. Sie roch nach Rose und Vanille und hatte einen feinen würzigen Unterton, genauso wie ich es mochte. Ich nahm mir Zeit, sie zu betrachten, ihre helle Haut, die kleinen weichen Rundungen. Alles war so appetitlich, ich konnte nicht anders, als davon zu kosten. Mit der Zungenspitze fuhr ich Jacquelines Schenkel entlang und umkreiste ihren Venushügel, erst langsam, dann schneller. Ich leckte die Form ihrer Schamlippen nach und tastete mich langsam ihre Muschi entlang.

»Das ist unheimlich schön«, sagte sie.

Ich begann, ihre Spalte der Länge nach mit sanftem Druck zu lecken. Herrlich. Ich liebe den Geschmack einer jungen, frischen Möse, ich liebe es, zu merken, wie sie auf meine Zunge reagiert und nach und nach feucht wird. Und Jacquelines Möse reagierte. Sie zuckte und ich spürte, wie meine Zunge immer leichter über ihre Lippen und dazwischen glitt.

Ich drückte stärker und leckte tiefer und mit weiten Zügen durch ihre Spalte, abwechselnd damit, an ihren Schamlippen zu saugen, daran zu lutschen und sie mit der Zunge zu kitzeln. Jacqueline gefiel es, sie gab kleine süße Stöhngeräusche von sich und fing an, ihre Hüften zu bewegen. Warum sollte ich also etwas ändern, ich machte weiter, bis ich schließlich abwechselnd an ihrer Klit saugte und sie mit der Zungenspitze kitzelte.

Im Hintergrund lief in Jackys Schlagermix passenderweise »Atemlos«.

»Oh Gott!«, stöhnte sie und streckte mir ihre Hüften entgegen. »Ja ... oh ja!«

Oh ja, in der Tat, jetzt wollte ich sie wahnsinnig machen. Auftritt Matteos Zauberfinger. Während ich mit meinem

Mund weiter ihren Kitzler bearbeitete, erkundete ich mit den Fingern vorsichtig ihr Löchlein. Das brachte mir ein neues, heftiges Stöhnen ein. Ich stieß mit dem Finger gleichmäßig in ihre Muschi, vorsichtig, nicht zu tief. Jacqueline begann, auf meinen Bewegungen zu reagieren, sie schob mir im selben Rhythmus ihr Becken entgegen und stöhnte leise. Und sie war feucht, geradezu glitschig und bereit, mehr als nur meinen Finger aufzunehmen. Ich saugte noch ein paar Mal fest an ihrer Klit, dann hörte ich auf. Jacqueline protestierte.

»Was, warum? Bitte, das war so schön, nicht aufhören.«

»Doch«, sagte ich, während ich meinen Schwanz wieder in Form brachte. »Ich möchte dich jetzt vögeln.«

»Okay«, sagte sie, fast ohne Zögern. »Aber schnell, ja? Ich ... das ist ein unglaubliches Gefühl, es kribbelt und zieht sich alles zusammen und wieder nicht und ich will ... dich jetzt in mir spüren.«

Ich kniete mich zwischen ihre Beine und zog mir ein Kondom über. »Das kann jetzt ein bisschen ...«

»... wehtun. Ich weiß, ich bin ja nicht dumm. Mach dir mal keine Gedanken, das halte ich schon aus. Jedenfalls eher, als noch länger zu warten. Bitte!« Sie sah mich auffordernd an, mit einem Blick, dem ich nicht einmal hätte widerstehen können, wenn ich das gewollt hätte. Ich brachte meine Schwanzspitze an ihren Schlitz und drang vorsichtig in sie ein. Zumindest wollte ich vorsichtig sein, hatte aber meine Rechnung wieder ohne Jacky gemacht. Sie war so feucht und bewegte ihre Hüften so heftig, dass ich kaum einen Widerstand spürte und mein Schwanz mit einem Mal tief in ihrer Muschi steckte.

»Oh ja, das ist ja geil, das ist ja noch viel besser, als ich dachte«, rief sie. »Geil.«

Jetzt musste ich mich nicht mehr zurückhalten und konnte sie richtig schön poppen. Und ja, es war geil. Mein Schwanz glitt rein, raus und Jacqueline warf mir mit jedem Stoß ihre Hüften entgegen. Von wegen, Mädchen sind eher zurückhaltend und bewegen sich beim ersten Mal nicht. Ich hätte einfach stillhalten können, Jacqueline hätte sich für uns beide zusammen bewegt. Sie fühlte sich so intensiv an, ihre Muschi massierte meinen Schwanz und ich genoss es einfach, dieses verrückte, lebendige Mädchen zu ficken.

Aber nur in der Missionarsstellung war auf die Dauer für sie doch zu langweilig. Ohne mit dem Stoßen aufzuhören, kniete ich mich hin und hob Jacqueline an.

»Wow, das ist ja, oh, das fühlt sich ganz anders an. Geil!«, stöhnte sie. Ihr Gesicht war gerötet und sie atmete schwerer. Ich nahm sie mit langsamen, tiefen Stößen und ließ meinen Schwanz immer wieder aus ihrer Möse gleiten. Wir sahen uns tief in die Augen.

»Hast du dir das so vorgestellt?«, fragte ich.

»Ja, oh ja. Oder nein, das hier ist viel besser.«

Wollen wir doch mal sehen, ob das nicht noch besser geht, dachte ich und ließ meine Finger über ihre Klitoris gleiten. Das brachte sie fast zum Explodieren. »Oh Gott, oh Gott!« Jacqueline bewegte sich wilder und ich wurde auch schneller und fickte sie mit kräftigen Stößen, massierte mit einer Hand ihre Klit, mit der anderen ihre Möpse. Das hielt sie nicht lange aus.

»Ich glaube, ja, ich glaube ... ich bin gleich ... ja, jetzt!«, rief Jacqueline und stöhnte und schüttelte und wand sich. Es dauerte eine ganze Weile, bis sie wieder gleichmäßig atmen konnte. Ich streichelte sie sanft und hörte mit dem Vögeln auf.

»Ich glaube, du hattest einen Orgasmus«, sagte ich lächelnd.

»Ja, natürlich hatte ich einen, und was für einen.« Jacqueline lachte euphorisch. »Mein erster Orgasmus mit einem Jungen, mein erstes Mal und es war so geil, viel besser, als ich es mir vorgestellt hatte.« Ihr Blick fiel auf meinen Schwanz, der glänzend und hart abstand.

»Äh, willst du nicht auch noch, ich meine, du bist doch noch nicht?«

»Mach dir mal um mich keine Gedanken. Du bist hier die Hauptperson. Wenn ich jetzt komme, wer weiß, wann ich dann wieder kann.« Nicht dass ich damit ein Problem hatte, nur damit das klar ist. Also mit dem Können-Können. Auch ohne blaue Pillen. Capisce? Bene!

»Aber ist das nicht blöd für dich? Du bist doch auch erregt.«

Und ob. Klar hätte ich gerne meinen Schwanz wieder in Jacqueline gesteckt und kräftig gepoppt. Ich hätte nicht lange gebraucht. Aber hier ging es nicht um mich, sondern um Jacqueline. Das hatte sie ja deutlich gemacht.

Sie sah mich eine Weile nachdenklich an und sagte dann: »Ich möchte, dass du jetzt in mir kommst. Ich möchte spüren, wie du in mir kommst. Und ich möchte spüren ...« sie rollte sich auf den Bauch, »wie du mich von hinten nimmst. Nimm mich von hinten, ich stelle mir das animalisch vor.«

Animalisch konnte sie haben. Ich schob ihre Beine zusammen und kniete mich über sie, was zugegebenermaßen nicht ganz einfach war, ihre Schenkel waren halt schon etwas breiter. Ihren wunderbaren Arsch auseinandergeschoben, neu angesetzt und dann drang ich in ihre immer noch feuchte Muschi ein. Mein Schwanz glitt rein und raus, ich stieß mit festen, gleichmäßigen Stößen und spürte dem Gefühl nach, wie ihre Muschi mich umschloss und bei jedem Stoß nach mir schnappte.

Jackys weicher Hintern wackelte rhythmisch mit und lud mich dazu ein, ihn zu streicheln, zu kneten und leicht zu schlagen. Ich massierte ihn und gab ihm ein paar leichte Klapse.

»Oh«, rief sie überrascht, aber es schien ihr zu gefallen, also klatschte ich kräftiger. Lange halte ich das nicht mehr aus, dachte ich. Vielleicht – ich wurde langsamer, ließ meinen Schwanz jetzt ganz aus ihrer Möse gleiten und steckte ihn dann mit einem Ruck bis zum Anschlag wieder rein. Das brachte Jacqueline zum Quieken. Sie drehte den Kopf auf die Seite und versuchte mich anzusehen.

»Meinst du, ich kann noch einmal kommen? Es fühlt sich fast so an.«

»Vielleicht«, sagte ich. Ich schob ihre Arschbacken auseinander und massierte sie zwischen Muschi und Anus. Sie stöhnte laut.

»Wow, was ist das? Oh Gott!«

Jetzt war mein Ehrgeiz geweckt, ich wollte sie zum Höhepunkt bringen, bevor ich selber kam. Ich versuchte, an etwas möglichst Unerotisches zu denken, um ja nicht zu früh zu kommen. Meine Steuererklärung war da immer hilfreich und sie enttäuschte mich auch jetzt nicht. Währenddessen fickte ich Jacqueline kräftig und ließ meine Hände spielen, an ihrer Muschi, ihrem Hintern, ihrem Arschloch. Für eine ganze Weile hörte man nur unser Keuchen und Stöhnen. Gerade als ich dachte, ich halte es nicht mehr aus, rief Jacqueline:

»Oh Gott, ich glaube, ich … scheiße, ich komme … noch mal. Ja, jetzt!« Das war zu viel für meinen Schwanz. Alle Gedanken an Steuerklassen und Vorwegabzüge verschwanden. Ich spürte, wie sich alles in mir zusammenzog, spürte diesen erregten Schmerz in meiner Leiste, dieses warme Kneifen und dann spritzte ich. Mein Schwanz pumpte mit mehreren kräftigen Stößen mein Sperma in Jacquelines Löchlein. Also in den Pariser.

»Ah, wow …« keuchte Jacqueline. Ich legte mich auf sie und rollte mich zur Seite. Eine Weile hielten wir uns im Arm und sagten nichts, sondern versuchten nur, wieder zu Atem zu kommen. Unwillkürlich begann ich, Jacquelines Rücken zu streicheln, während im Hintergrund Vanessa Mai dabei war, für ihren Liebsten zu sterben.

Nach einer Weile drehte sich Jacky zu mir um und sah mich an. Nicht nur ihre Augen strahlten, ihr ganzes Gesicht leuchtete.

»Das war einfach großartig. Irre. Ich dachte, man kann gar nicht so schnell hintereinander zweimal kommen. Ich dachte, dass das nur im Porno geht, aber das hier war so geil, du warst so sanft und so stark auf einmal. Wow! Einfach nur wow!«

»Danke. Ich fand es auch sehr, sehr schön, Bellissima«, sagte ich und fuhr mit der Hand über ihre Flanke. Ihre Haut war noch feucht von der Anstrengung. Sie hatte überall rosarote Flecken, die allmählich verblassten. Da die Spannung langsam nachließ, alberten wir ein wenig herum, sprachen über alle möglichen Belanglosigkeiten, dann sprang Jacqueline auf und holte, nackt wie sie war, zwei Gläser Sekt.

»Lass uns anstoßen. Auf mein erstes Mal. Darauf, dass ich keine Jungfrau mehr bin. Und auf viele Male wundervollen Sex. Prost!«

Darauf stieß ich gerne an, der kühle Sekt tat gut.

»Sag mal, du hattest doch einen Plan. Was kommt denn jetzt als Nächstes? Ich kann mich nicht mehr erinnern, das ganze Blut war nicht in meinem Hirn.«

Jacqueline lachte und sagte: »Das habe ich gemerkt. Mein Plan war, dir nach dem ersten Mal einen zu blasen, damit du wieder kannst und wir weiter vögeln können. Aber wir haben ja jetzt schon zweimal und vielleicht ist es schon spät genug. Oder was meinst du?«

Während ich überlegte, wurde ich mit einem Mal unglaublich müde. Vielleicht war es der Alkohol oder die Wärme oder die Entspannung nach dem Sex. Oder alles zusammen, jedenfalls fielen mir die Augen zu. Jacqueline ging es nicht anders, kurz bevor ich wegdämmerte, hörte ich sie tief und gleichmäßig atmen. Sollten wir nicht das Licht ausmachen, dachte ich noch und schlief ein.

Ich weiß nicht mehr genau, was ich träumte, aber es muss etwas Anregendes gewesen sein. Mein Schwanz meldete sich nämlich mit dem Hinweis, er sei dann mal wieder bereit und übrigens stieße er immerzu an eine nackte Frau, da müsste doch was gehen.

Das hatte auch Jacqueline mitbekommen, die sich zu mir umdrehte und ihre Augen öffnete.

»Uahhh ... wie spät ist es?«

»Keine Ahnung, aber die Windlichter sind aus und die Musik hat aufgehört.«

»Warte mal.« Jacqueline machte sich lang und angelte ihr Handy. »Halb eins. Geht noch, ich dachte, wir hätten länger geschlafen. Ich war dermaßen schnell weg.«

»Rate mal, wer noch. Du hast mir auch richtig ... sagen wir, ich war echt fertig. Positiv, ganz positiv«, fügte ich schnell hinzu. Ich küsste sie auf die Stirn und ließ meine Hand weiter über ihren Körper gleiten. Ihre Hände spielten wie von selbst mit meinem Schwanz.

»Der ist ja wieder hellwach. Und ich glaube, ich weiß auch, wie wir ihn beschäftigen. Aber erst mal ...« Sie nahm meine Hand und legte sie sich zwischen die Beine. So wie sie dabei schaute, war die Aufforderung klar: Mach mich feucht. Jacqueline hatte eindeutig wieder das Heft in der Hand und so einiges anderes auch. Ich kraulte ihre Muschi und es dauerte nicht lange, da fing sie an zu schnurren wie ein Kätzchen und rubbelte mich unwillkürlich schneller. Meine Finger spielten etwas mit ihrer Klit und mein Daumen massierte ihre Lippen.

»Hmm ... oh.«

Ich probierte vorsichtig aus, ob ich in sie eindringen konnte. Mein Finger glitt mühelos in ihre Muschi, so feucht war sie schon. Das war das Zeichen für Jacqueline, sich umzudrehen und mit dem Rücken an mich zu schmiegen, eine perfekte Löffelchenstellung. Sie bewegte ihren tollen Hintern und zog ihre Pobacken auseinander.

»So kommst du doch besser rein, oder?«

»Ganz ehrlich, Jacky«, sagte ich, während ich meinen Ständer in Position brachte, »ich frage mich, wer hier für wen da ist. Wozu brauchst du mich eigentlich?«

»Zum Vögeln. In der Theorie weiß ich alles, aber ich habe doch nie wirklich gevögelt. Ich möchte möglichst viele Stellungen ausprobieren. Auf jeden Fall noch die Löffelchenstellung. Das muss wahnsinnig aufregend und zärtlich sein, stelle ich mir vor. Intensiv, oder?«

Probieren wir's aus, dachte ich und drang langsam in Jacqueline ein.

»Oh ja, das ist wunderschön.«

Ich vögelte sie ganz sachte und langsam, gerade so, dass

mein Schwanz nicht wieder schlapp wurde. Mich machte das fast wahnsinnig, nicht kräftiger zu ficken, aber ich wollte es der süßen Jacky so zärtlich und romantisch wie möglich machen. Für sie war es genauso erregend, sie schnurrte und schubberte sich an mir.

So fickte ich sie eine ganze Weile. Irgendwann spürte ich mit dem Schwanz ihre Hand, die ihre Muschi bearbeitete. Sie war dabei, es sich selbst zu machen, vermutlich hielt sie die Spannung auch nicht mehr aus.

Wir rieben unsere Körper aneinander, ich küsste sie und biss ihr spielerisch in den Nacken. »Ist das so, wie du es dir vorgestellt hast?«

»Ja. Nein, besser. Ich spüre deinen Penis jetzt noch mal an ganz anderen Stellen und es ist so schön, wenn du mich umarmst und streichelst. Willst du nicht meine Möpse massieren?«

Aber ja, das ließ ich mir nicht zweimal sagen. Jacquelines Brustwarzen waren groß und hart und ließen sich wunderbar zwirbeln und reiben.

»Oh Gott, wow. Ja, so ... bitte stoß endlich härter zu, ich möchte gleich kommen.«

»Ich dachte, du wolltest es sachte und zärtlich«, sagte ich, ohne an meinem Tempo etwas zu ändern.

»Ohhh ... ja, es ist auch wunderschön, aber ich bin so geil.« Stimmt, dachte ich, so leicht wie mein Schwanz hier flutscht. Kurz spielte ich mit dem Gedanken, sie noch länger zappeln zu lassen, aber schließlich war sie meine Kundin und ich war ausreichend erregt. Also ab dafür. Ich hielt sie fest umklammert und ließ meinen Schwanz so tief wie möglich in ihre feuchte Muschi gleiten.

»Oh Gott, oh Gott, aah, ja.« Jacky stöhnte und ich fickte sie mit kräftigen Stößen. Ihre Hand wurde wilder und bewegte sich in einem irren Tempo über ihre Klit. Wenn sie so weitermachte, dann war sie doch ...

»Ich komme, weiter, weiter, jetzt, jetzt ... aah!« Jacky presste sich an mich, ihr Körper schüttelte sich, als der Orgasmus sie überwältigte. Ich brauchte nur ein paar Stöße, dann war ich auch soweit und spritzte.

Dieses Mal schlief ich tief und fest und ohne Traum. Und lange, denn als ich wach wurde, war es schon hell. Geweckt wurde ich aber nicht durch das Licht, sondern weil ich etwas in meinem Schritt spürte. Ich blinzelte. Jacky war dabei, mir ein Kondom überzuziehen. Sie warf mir ein Lächeln zu, als sie merkte, dass ich wach war.

»Zitronengeschmack. Für einen frischen Morgen. Kondome mit Kaffeegeschmack habe ich nicht gefunden, aber das wäre doch mal toll, oder? Für einen Guten-Morgen-Blowjob?« Inzwischen war mein Schwanz eingepackt und Jacqueline meinte, ich solle mich mal hinlegen und sie machen lassen. Ich war zu müde, um zu protestieren, und außerdem: wenn sie das unbedingt wollte? Ich war nur, ehrlich gesagt, erstaunt, dass mein Schwanz schon wieder fit war. Offensichtlich ein heimlicher Frühaufsteher, jedenfalls war er wieder steif und hart und stand aufrecht da, leuchtend gelb durch das Zitronenkondom. Hatte sie ihn schon bearbeitet oder hatte ich doch heißer geträumt, als ich dachte?

Jacqueline warf mir einen Kuss zu und begann, meinen Kleinen mit den Lippen zu bearbeiten. Sie hatte bald einen Rhythmus gefunden, mit dem sie an mir saugte. Langsam war ich wach genug, um ihr Tipps geben zu können – die Eier massieren, mal nur die Eichel lutschen oder den Penis mit Hand und Mund gleichzeitig bearbeiten.

»Jetzt möchte ich auch etwas davon haben.« Sie ließ meinen Schwanz los, krabbelte zur Seite und zog mich nach unten. Gleich darauf schwang sie sich über mich und fing an, mich zu reiten. Sie war nicht wild, sondern schob ihr Becken vorsichtig vor und zurück.

»Ui, das ist schön«, sagte sie. Ich ließ sie machen und sagte nichts. Meinem Schwanz gefiel das.

»Ist das für dich auch schön?«

»Klar«, sagte ich. »Vögeln ist immer schön.«

Jacquelines Hüften bewegten sich schneller und ich konnte ein leises, rhythmisches Stöhnen hören.

»Ich finde die Vorstellung so geil, dass ich dich reite. Dass ich jetzt dich ficke.«

»Darf ich dir was sagen?«, fragte ich nach einer Weilte. Sie atmete inzwischen heftig.

»Oh, ja ... was denn?«

»Du kannst mal versuchen, dich einfach auf und ab zu bewegen. Das fühlt sich anders an und für den Jungen ist es richtig geil, wenn sein Schwanz so geritten wird. Ja, so, genau.«

Jacqueline kämpfte etwas mit dem Gleichgewicht, aber sie bekam das gut hin. Sie ritt jetzt auf mir, immer auf und ab, sodass mein Ständer ordentlich massiert wurde. Ich konnte ihn immer wieder sehen, wie er in ihrer Muschi verschwand und wieder auftauchte.

Jacqueline hatte die Augen geschlossen, sie atmete mit kleinen wollüstigen Atemzügen und ihre Möpse hüpften auf und ab. Wenn es so weiterging, würde ich nicht lange brauchen, egal, wie oft ich am Abend gespritzt hatte. Aber ich konnte ja schlecht als Erster kommen, das wäre nicht anständig gewesen. Also massierte ich Jackys Muschi, was sie mit einem heftigen Stöhnen quittierte.

»Oh bitte, ja«, rief sie. Die nächste Viertelstunde hörte man nichts als Atmen und Stöhnen und ab und an ein glitschiges Geräusch, das mein Schwanz machte, wenn er wieder in ihrer Muschi verschwand. Ich zeigte Jacqueline, dass sie mich rückwärts reiten konnte. Das gab mir einen 1A-Ausblick auf ihren Hintern, aber ihr gefiel es nicht. Reiten in der Hocke schon besser, aber nach ein, zwei Minuten kniete sie sich wieder hin und wechselte bald von Schritt zu Trab und dann Galopp. Ich musste meinen Daumen nur in ihren Schritt halten und sie rieb ihre Klit durch das Hüpfen ganz alleine daran.

Jacqueline stöhnte und stützte sich mit den Händen auf meiner Brust ab. Ich zog sie zu mir und umarmte sie. Sie roch nach Schweiß und Erregung. Wir küssten uns, ihre Lippen waren salzig und schmeckten leicht nach Zitrone. Klar, vom Gummi.

»Das kann ich übrigens auch machen«, sagte ich und bewegte meine Hüften.

»Oh!«, rief Jacqueline und hielt still, während ich sie fickte. Sie war eben schon kurz davor gewesen zu kommen und es fehlte nicht mehr viel. Ich hielt mich nach den ersten Stößen nicht mehr zurück, sondern vögelte sie, so schnell und stark ich konnte.

»Ja, das ist geil«, rief sie und krallte ihre Finger in meine Schulter. »Nicht aufhören. Das ist ...«

Wir kamen gleichzeitig. Bei Jacquelines Lautstärke hatte ich Angst, dass die Nachbarn gleich klopfen würden. Sie ließ sich erschöpft auf mich sinken. Ich hörte ihren schweren Atem neben meinem Ohr und roch ihre süßlichen Haare. Ihre Möpse drückten auf meine Brust, ich streichelte ihren Rücken und verteilte einzelne Schweißtropfen, die sich gebildet hatten.

Ich weiß nicht, wie lange wir so lagen, eine ganze Weile jedenfalls, bis Jacqueline sich von mir löste und mich zur Seite schob, um Platz zu haben.

»Das kommt zu den anderen«, sagte Jacqueline grinsend, als sie mir das Kondom auszog und neugierig betrachtete. »Gar nicht so viel weniger als beim ersten Mal«, stellte sie nach eingehender Prüfung fest. Sie schnupperte. »Aber riecht nicht mehr so doll nach Fisch.«

»Mein Sperma riecht nach Fisch?«

»Ja, finde ich schon. Ist dir das noch nicht aufgefallen? Also das hier nicht, aber von vorhin, ich meine gestern, beim ersten Mal, da roch es eindeutig nach Fisch.«

»Ich hoffe, du magst Fisch.«

»Geht so, eigentlich gar nicht. Nur wenn ich muss, wenn meine Oma da ist und es Fischplatte gibt. Hast du eigentlich schon mal Sperma probiert?«

Ich schüttelte irritiert den Kopf und Jacky hakte direkt nach: »Warum nicht? Willst du mal?« Sie hielt mir das gefüllte Kondom hin. Ich lachte und schüttelte den Kopf.

»Danke, lass mal. Ich weiß nicht, ist mir nie in den Sinn gekommen. Warum auch?«

»Wenn ich ein Mann wäre, hätte ich das sicher schon längst, da wäre ich zu neugierig. Wenn ich gelenkiger wäre, würde ich auch versuchen, mich selbst zu lecken.«

Dieses Mädchen schaffte es immer wieder, mich zu überraschen. Ich dachte, ich hätte schon alles erlebt, aber Jacqueline war erfrischend anders. Jetzt sah sie mich auffordernd an und hielt mir das Kondom unter die Nase. Es roch nach Latex, Zitrone und ja, vielleicht etwas Fisch, aber nur ganz leicht.

»Willst du jetzt mal probieren?«

»Möchtest du das denn?«

»Lass mich nachdenken – ja.«

Wenn mich jemand gefragt hätte, Matteo, meinst du, du probierst diese Woche mal von deinem eigenen Sperma, dem hätte ich einen Vogel gezeigt. Warum sollte ich mein Sperma schlucken? Aber Jacky hatte recht, warum eigentlich nicht. Ich konnte nur etwas lernen und auf keinen Fall wollte ich als Spielverderber dastehen. Also nahm ich ihr das Kondom aus der Hand und steckte den Finger rein, wie in ein Glas Honig. Und genauso leckte ich ihn ab – nur leider schmeckte er gar nicht süß, sondern ...

»Ich weiß jetzt, was du mit fischig meinst. Uh, ich glaube, das wird nicht mein Lieblingssnack.« Ganz ehrlich, furchtbar war es zwar nicht, aber echt nicht lecker. Und ich hatte nicht einmal ein Bonbon oder so dabei, um den Geschmack loszuwerden. Und an dem Kondom wollte ich jetzt auch nicht lecken. Dafür musste ich jetzt erst einmal Jacqueline ganz genau beschreiben, was ich geschmeckt hatte.

Über das Sperma kamen wir auf Sex im Allgemeinen und Stellungen im Besonderen und sie erzählte mir, dass sie inzwischen eine Rangliste aufgestellt hatte, welche Stellungen ihr am besten gefielen. Sie wollte sie mir aber noch nicht verraten, denn sie hatte sich überlegt, mich für mindestens einen weiteren Termin zu buchen. Ich war sicher, es würde nicht bei einem Termin bleiben und sie hatte schon eine genaue Vorstellung davon, wie diese Termine aussehen sollten. Was für mich hieß, vorher ausreichend an meiner Standfestigkeit zu arbeiten.

Ich habe viele Kundinnen. Die kommen und gehen, könnte man sagen. Es gibt Kundinnen, die verschwimmen mit der Zeit in der Erinnerung. Es gibt Kundinnen, die bleiben mir länger im Gedächtnis. Und es gibt Jacqueline. Sagte ich schon, dass sie besonders war? Ich glaube, oder? Ansonsten sage ich es gerne noch einmal.

Sie war besonders.

Katharina und Camille

Frauen sind mein Ressort. Wir haben nicht viele Kundinnen, die einen weiblichen Coach möchten, aber wenn, dann komme ich. In mehr als einer Hinsicht. Um das gleich klarzustellen, ich stehe nicht nur auf Frauen. Ich stehe auf Menschen, egal ob Männlein oder Weiblein. Sex mit einer Frau ist genauso toll wie mit einem Mann und umgekehrt. Heute muss ja alles immer ein Label haben, deswegen: Vielleicht bin ich bisexuell. Aber so ganz stimmt das nicht. Für mich sind Liebe und Sex zwei verschiedene Dinge. Ich war bisher immer nur in Jungs verliebt, nie in ein Mädchen. Aber Sex, den hatte ich auch mit Frauen und nicht den schlechtesten.

Deswegen war es für mich überhaupt keine Frage, den Auftrag anzunehmen. Aus welchem Grund auch immer gab es bei diesem Job kein Vorgespräch, das musste ich beim Termin selbst nachholen.

Sie hieß Camille und wohnte passenderweise in Französisch Buchholz. Für diejenigen, die das nicht kennen, das ist ein Stadtteil im Norden von Berlin mit vielen kleineren Häusern und eher kleinstädtischem Charme. Das heißt,

Charme nur, wenn man Kleinstädte mag. Aber die A 114 war in der Nähe, immerhin.

Ich schweife ab. Was ich sagen wollte, Camille wohnte in einem mehr oder weniger renovierten Einfamilienhaus in einer ruhigen Seitenstraße. Alles grün, nicht top gepflegt, aber in Ordnung. Und hinter jedem Fenster und jeder Hecke stand vermutlich eine Nachbarin, die beobachtete, was so passierte.

»Nett hast du es hier«, sagte ich, nachdem sie mich hereingebeten hatte und wir uns vorgestellt hatten. Es war ruhig und sah friedlich aus. »Bist du alleine? Stören wir jemanden?«

»Ja, nein, ich habe gesagt, dass ich Besuch von einer Freundin bekomme. Meine Eltern wissen nicht, dass du da bist, das heißt, wer du bist. Und um das gleich zu sagen, sie wissen auch nicht, dass ich auf Mädchen stehe. Das könnte ich ihnen auch niemals sagen. Nie.«

»Warum denn nicht? Ach, quatsch, das geht mich nichts an. Aber jetzt erzähl mal, warum bin ich hier, was erwartest du von mir, von unserer Zeit?«

Und Camille erzählte, wie sie vor ein paar Jahren festgestellt hatte, dass sie auf Mädchen stand. Wenn ich es richtig verstanden habe, dann hatte sie das schon früh gemerkt, spätestens in der Schule, als alle anderen Mädels sich kichernd Fotos von nackten Jungs anschauten und sie die nackten Mädchen viel spannender fand. Beim Schwimmunterricht hatte es dann eine peinliche Situation gegeben, als Camille mehreren anderen Mädchen fasziniert beim Duschen zugesehen hatte. Sie hatte sich aber nie getraut, darüber mit jemandem zu sprechen, außer mit einer anonymen Hotline. Das half bei ihrem emotionalen Durcheinander, aber was war mit Sex? Camille las viel, wühlte sich durch Internetforen und schaute Pornos.

»Aber ganz ehrlich, wenn ich solche Filme schaue, finde ich das weder bildend noch erregend.«

»Kann ich verstehen, es gibt so viele schlechte Pornos. Aber gelegentlich finde ich den einen oder anderen ganz erregend«, sagte ich. »Lass mich raten, ich bin jetzt hier, um das besser zu machen. Damit du das ausprobierst, was du bis jetzt nicht herausfinden konntest.«

»Ja. Und weil ich vor dem ersten Mal mit meiner Freundin, wissen möchte, wie das geht. Ich will nicht als Trottel dastehen. Verstehst du?«

Klar verstand ich das, wer nicht? Auch wenn das gemeinsame Erkunden und Vorantasten – im wahrsten Sinne – wundervoll war. Zusammen mit einem vertrauten Menschen Sexualität zu entdecken gehört für mich zu dem Schönsten, das man erleben kann.

»Dann wollen wir mal, aber langsam. Ich ziehe mich aus, was meinst du?«

»Ja ...«

Ich trage bei meinen Einsätzen immer Kleider, sofern es das Wetter zulässt. Kleider stehen mir nicht nur besser als Hosen, sie sind auch deutlich praktischer zum Ausziehen. Ist es nicht viel erotischer, ein Kleid auszuziehen, als sich aus einer engen Jeans zu quälen, auch wenn die noch so sexy aussieht? Meine Kolleginnen sehen das anders und ich hatte dazu schon mehr als einmal eine Diskussion mit Julia, aber hey, wir sind alle unterschiedlich, bei der Kleidung wie beim Vögeln.

Und beim Ausziehen. Die anderen Mädels machen eine richtige Show daraus und ziehen sich langsam Stück für Stück aus, damit die Kunden Zeit zum Schauen und Genießen haben. Klar will ich auch bewundert werden, aber ich weiß nicht, ich bin doch keine Stripperin. Ganz pragmatisch zog ich mir mit einer fließenden Bewegung das Kleid über den Kopf, hakte meinen BH auf und schlüpfte aus meiner Panty. Noch so ein Punkt, an dem ich anders ticke als Julia oder Steffi. Ich verstehe nicht, wie man ernsthaft einen Tanga oder String tragen kann. Das schützt doch null, angenehm ist so ein Teil nicht und ganz ehrlich: auch nicht sexy. Es kommt darauf an, was drinsteckt. Ein schöner Po ist in jedem Höschen sexy. Nur meine Meinung.

»Und, was sagst du?«, fragte ich.

»Ich ... darf ich dich anschauen?«

Ich zog mein Gesicht zusammen und hob eine Augenbraue. »Klar, was für eine Frage. Gehört alles zum Service dazu.« Dabei drehte ich mich einmal langsam um die eigene Achse, damit Camille mich ausreichend bewundern konnte, auch wenn ich nicht das erste nackte Mädchen war, das sie sah. Schwimmunterricht und so. Aber ...

»Hast du denn schon oft nackte Mädchen gesehen?«

»Beim Sport oder beim Baden halt. Aber da kann ich

schlecht länger hinschauen. Und wenn doch, dann wird das schnell peinlich.«

»Hier kannst du gucken, soviel du willst. Meine Möpse, meine Muschi, meinen Po, alles.«

Camille nahm sich Zeit und schaute mich an, ein bisschen verschämt, aber umso interessierter. Ich spürte ihren Blick überall auf meinem Körper, wie er über meine Brüste, meinen Bauch und weiter abwärts wanderte. Ich hätte schwören können, dass sie nur kurz über meine Muschi huschte, wie um ja nicht zu offensichtlich dorthin zu schauen. Vielleicht brauchte sie nur eine kleine Ermunterung, also schob ich wie zufällig meine Hüfte nach vorn und die Schenkel auseinander. Jetzt hatte sie einen perfekten Blick auf meine Muschi.

Zeit, die Rollen zu wechseln. »Und jetzt du?«, fragte ich. Camille nickte und fing an, sich ebenfalls auszuziehen. Bluse und Rock hatte sie schnell abgelegt, aber beim BH hielt sie kurz inne, wie um sich zu versichern, dass sie das tatsächlich wollte. Ich wollte ihr helfen, aber sie schüttelte den Kopf. Sie trug einen BH mit passendem Höschen, beides mit Spitze und großen grün-blau-violetten Blumen, die perfekt zu ihrer Haut passten.

»Schick, sehr sexy«, sagte ich anerkennend.

»Merci«, sagte sie verlegen. »Die habe ich nur für heute gekauft.« Sonst trug sie vor allem schlichte Unterwäsche in Schwarz oder Blau, wie sie mir verriet. Als ob sie jetzt ausreichend Mut bekommen hatte, warf sie eilig den BH aufs Bett, stieg aus dem Höschen und stand da.

Camille war schlank, fast schon dünn, so dünn, dass ich ihre Rippen sehen konnte. Sie hatte halblanges, hellbraunes Haar, das sie zu einem kurzen Pferdeschwanz zusammengebunden hatte. Ihre Haut war nur leicht gebräunt, mit vielen Sommersprossen und Mutterflecken. Man konnte genau die Form ihres Bikinis beim Sonnen sehen. Ihre Brüste waren nicht groß, aber fest, mit großen Brustwarzen. Zwischen den Beinen sah ich ein kleines, kurz geschorenes Dreieck.

Sie stand ein wenig verkrampft da und wusste nicht so recht, wohin mit ihren Armen. Ich nahm ihre Hände und versuchte sie zu beruhigen.

»Alles ist gut, du musst nicht nervös sein. Ich finde, du siehst toll aus. So schlank und deine Haut sieht so weich aus. Und weißt du, was ich mag? Ich finde es toll, wenn Mädchen sich nicht komplett glatt rasieren zwischen den Beinen. Das sieht dann aus wie bei einem Kleinkind, finde ich. Wer will schon Sex mit einem Kind? Wozu haben wir da unten Haare, um nicht schöne Frisuren daraus zu machen? Wie bei dir. Oder wie mein Streifen hier.«

Camille schaute mir auf den Schritt und den behaarten Streifen über meiner Muschi.

»Willst du mich anfassen? Streicheln und berühren ist das Wichtigste beim Sex, gerade bei zwei Frauen. Nicht dieser ständige Fokus auf einen Penis, auf dieses schnelle Rein und Raus. Wir können uns viel mehr Zeit nehmen und unsere Körper wirklich entdecken.« Unterdessen hatte ich meine Hände auf Camilles Schultern gelegt und ließ sie jetzt langsam über ihren Körper gleiten. Ich umspielte ihr Schlüsselbein, fuhr ihr sanft an der Hüfte entlang und ihre Arme hinauf. Sie schüttelte sich.

»Ist das nicht schön?«, fragte ich. Sie nickte und ich streichelte sachte ihre Brüste, vorsichtig und gefühlvoll. Dann trat ich noch näher an sie heran und umarmte sie. Camille roch so, wie sie hieß, nach Kamille und einer ganzen Kräuterwiese. Es passte perfekt zu ihr. Meine Hände glitten über ihren Rücken und unsere Brüste rieben sich aneinander. Es waren diese leisen erotischen Berührungen, die meine Muschi langsam lebendig machten.

Ich war überrascht, als Camille instinktiv ihre Arme um mich legte und sich an mich schmiegte. Ihre Hände streichelten meinen Rücken und meinen Po.

»Ich finde das zärtlich und gleichzeitig unheimlich aufregend«, sagte ich und gab Camille einen Kuss auf die Wange. Sie hielt kurz inne und fuhr mir mit der Hand über das Haar. Wir rieben uns und spürten, wie sich unsere Körper aneinander bewegten. Gleichzeitig führte ich Camille langsam in Richtung ihres Bettes, denn ich fand, es war Zeit für den nächsten Schritt. Sie ließ alles mit sich geschehen und hörte nicht auf, mich zu streicheln, bis ich sie vorsichtig auf das Bett legte. Ihre Bettwäsche duftete frisch gewaschen und fühlte sich genauso jungfräulich an wie Camille.

Camille sah mich erwartungsvoll an und ihre Augen folgten mir, als ich begann, mit Mund und Zunge langsam abwärts zu gleiten. Ich küsste ihre Brüste und spielte mit der Zungenspitze an Camilles Nippeln. Sie rochen genauso frisch wie Camilles Bett.

»Magst du das? Ich fand es nur irritierend, als mir mein erster Partner an den Nippel gesaugt hat. Konnte ich gar nicht haben. Erst als ich Sex mit Mädchen hatte, konnte ich das genießen. Cora hat mir gezeigt, wie geil Nippelsaugen mit sanften Lippen sein kann. Also immer schön vorsichtig sein, wenn du mit den Nippeln deiner Partnerin spielst. Das muss ich nicht extra sagen, oder? Ich glaube, nur Jungs benehmen sich da wenig rücksichtsvoll.«

»Hm, oui. Das ist ungewohnt, aber es fühlt sich ... nicht schlecht an.« Was, nur nicht schlecht? Das konnte ich besser. Ich legte alles Gefühl hinein, das ich hatte und saugte nach allen Regeln der Kunst. Camille schüttelte sich, ihre Hüften hoben sich leicht und unwillkürlich rieb sie ihre Oberschenkel aneinander. »Hmm«, schnurrte sie. Schon besser.

Ich kitzelte sie mit meiner Zunge im Bauchnabel und küsste mich dann weiter abwärts, bis kurz vor ihre Schamhaare. »Nicht erschrecken«, sagte ich, um sie vorzuwarnen. »Ich küsse gleich deine Muschi. Okay?«

»Natürlich«, sagte Camille in einem Tonfall, der kein Zweifel daran ließ, wie sehr sie darauf wartete. Ich küsste sie vorsichtig mitten auf ihre Muschi und dann einmal sanft im Kreis. Camille roch und schmeckte hier unten leicht würzig. Ich leckte sie ein paar Mal sanft und mit der ganzen Zunge, um sie vorzubereiten auf das, was gleich kam. Ihre Haare kitzelten, aber ich mochte das.

Camille reagierte auf meine Berührungen, sie schnurrte schon wie ein Kätzchen. Ich fuhr jetzt mit der Zunge im Kreis um ihren Schlitz herum, mal langsam, mal schneller und küsste sie zwischendrin auf ihren Kitzler. Und jedes Mal hob sie kurz ihre Hüfte.

»Gefällt dir das?«, fragte ich überflüssigerweise.

»Hm ... hm ...« Das zählte dann wohl als ein Ja. Ich war so frech, ihr zu sagen, sie solle ja richtig aufpassen, es gäbe nachher einen kurzen Test. Aber ich weiß nicht, ob sie das überhaupt mitbekam, als ich abwechselnd an ihren Schamlippen lutschte und durch ihre Spalte leckte. Sie war inzwischen feucht von Speichel und Erregung und sie verströmte diesen herb-süßlichen Duft, den alle geilen Mädchen haben. Ich suchte mit meiner Zungenspitze ihr rosa Loch und bohrte vorsichtig hinein. Camille zuckte, sie stöhnte und ich fickte sie mit der Zunge, bis sie für den nächsten Schritt bereit war. Ich kitzelte sie sanft an ihrer Klit, die inzwischen hart wie ein Kirschkern war.

»Oh, ja ...«, stöhnte Camille, als ich abwechselnd saugte und meine Zunge über ihren Kitzler gleiten ließ. »Mon dieu, das ist so ... oh.« Ich saugte und leckte sie jetzt nach allen Regeln der Kunst. Für eine Weile hörte man nur Schmatzen und das saftige Geräusch meiner Zunge in ihrer Spalte. Camilles Atem wurde intensiver und es dauerte nur ein paar Minuten, bis sie so weit war. Als sie kam, wurde sie leise und sagte kaum hörbar: »Ja, ja, ja ... jetzt.«

Ich leckte sie zum Ausklang noch ein paar Mal sanft, wie nach einem anstrengenden Rennen, wenn man sich ausläuft. Camille lag auf dem Bett, ohne sich zu rühren. Nur ihr Bauch hob und senkte sich. Ich legte mich zu ihr und streichelte sie ein wenig.

»Das war schön, oder?«

»Das war merveilleux. Viel besser, als wenn ich es mir selbst mache. Ist das immer so?«

»Wenn du eine Partnerin hast, der du vertraust und der du dich hingeben kannst, ja, dann ist das so. Nicht jedes Mal gleich, aber immer schön.« Wir drehten uns beide auf die Seite und sahen uns an.

»Hast du Fragen?« Viele, aber vor allem eine.

»Wie bist du eigentlich zu diesem Job gekommen?«

»Durch Zufall.« Ich überlegte. »Ja, wenn ich so überlege, dann war das reiner Zufall. Ich war Single und sexuell schon eine Weile auf dem Trockenen. Was man dann halt macht, im Netz surfen, nach Sex-Sachen suchen und so. Ich bin dann in einem Forum hängen geblieben, in dem andere Mädels über Sex geschrieben haben, da habe ich immer von First Amour gelesen und das hat mich neugierig gemacht.«

»Und dann?«

»Dann bin ich mal dahin und habe gefragt, ob sie nicht einen Job hätten. Warum nicht, oder? Ich mag Sex, und ich glaube, ich konnte schon immer gut erklären. Haben mir meine Freunde oft genug gesagt.«

Camille hörte mir fasziniert zu. »Und wie lief das ab, hattest du ein normales Vorstellungsgespräch? Oder musstest du, hm, Vor-Vögeln?«

Das brachte mich zum Lachen. Die Vorstellung war genial. Therese lässt alle neuen Bewerber probevögeln. Mit wem ich dann wohl Sex gehabt hätte? Julia? Steffi? Die Vorstellung erregte mich und ich nahm mir vor, das mal vorzuschlagen. Die Wahrheit war aber nüchterner. Ich hatte ein ganz normales Auswahlgespräch, musste bei ein paar Terminen erst hospitieren und dann probearbeiten, während eine der Kolleginnen dabei war. Jette, die leider nicht mehr dabei war. Echt schade, denn sie war cool gewesen und hatte mir schnell die Nervosität genommen. Stellen Sie sich mal vor, wie das ist, zum ersten Mal jemandem Sex beizubringen. Unter Beobachtung. Jette machte das ganz locker, immer mit einem Spruch auf den Lippen, der die Kundin und mich entspannte.

Mein erstes Mal als aktiver Part war im Nachhinein eine Katastrophe. Damals habe ich das nicht so empfunden, aber wenn ich ehrlich bin, war ich richtig schlecht und habe so ziemlich jeden Fehler gemacht, den man machen kann. Ich kann nur hoffen, dass, wie hieß sie gleich? Ah ja, dass Sina das nicht so gemerkt hat.

»Aber lass uns nicht über mich reden, du bist heute die Hauptperson. Deswegen bist du jetzt dran«, sagte ich nach einer Weile. »Außerdem – das Lecken eben hat mich so geil gemacht, ich möchte jetzt auch was davon haben.« Ich zwinkerte Camille zu und sie grinste.

»Bien sûr«, sagte sie. »Was soll ich denn machen?« Wir fingen damit an, dass ich mich mit dem Rücken vor das Kopfteil setzte und meine Beine breit machte. Camille kniete sich so vor mich, wie ich vorhin und sie versuchte, es mir nachzumachen. Natürlich war sie noch unbeholfen, aber sie machte ihre Sache nicht schlecht. Während sie mit ihrer Zunge meine Muschi bearbeitete, gab ich ihr Tipps und Hinweise. Sie hörte dann jedes Mal kurz auf, um mir zuzuhören, was mich fast wahnsinnig machte. Stellen Sie sich mal vor, ihre Partnerin erregt sie bis kurz vor den Höhepunkt und macht dann Pause? Eben.

»Du kannst gerne deine Hände dazunehmen«, sagte ich. »Habe ich eben nicht gemacht, ist aber ... genau so, das ist gut so.« Camille hatte angefangen, an meiner Klit zu lutschen, aber sie hörte auf, um mir zuzuhören. »Mach bitte weiter«, bat ich. »Und während du da saugst, kannst du mal ausprobieren, mich mit der Hand zu streicheln und einen Finger in meine Muschi zu stecken. Ja?«

»Oui.« Camilles Lippen schlossen sich wieder um meine Klit – und dann spürte ich einen Finger, der sich langsam und tastend in meine Muschi schob, die durch das Stop-and-go-Gelecke inzwischen vollkommen feucht war. Camille spielte an meinem Eingang herum und steckte ihren Finger mal hierhin, mal dahin. Bald hatte sie einen Rhythmus gefunden und fingerfickte mich ausdauernd, während sie an meiner Klit saugte.

Was soll ich ihr beibringen, dachte ich, sie kann doch schon ... Oh Gott, jetzt wird sie schneller. Und so tief! Ei ... Soll ich ihr sagen, dass sie mit dem Daumen meinen Damm massieren kann? Oder mein hinteres Loch? Oder vielleicht? Aber mein Verstand war zu sehr damit beschäftigt, nach einem Orgasmus zu rufen. Und der ließ nicht lange auf sich warten. Ich zögerte den Höhepunkt ein paar Mal hinaus, damit Camille weiter üben konnte. Aber als sie dann ihre Zunge in einem irrwitzigen Tempo über meinen Kitzler wetzen ließ und den Daumen in die Muschi steckte, hielt ich es nicht mehr aus. Ich warf meinen Kopf von rechts nach links und zurück und hielt nicht mehr an mich.

»Weiter so, das ist geil! Ja ... ja, so ... fick mich ... ich ... komme!« Die warme Welle der Erregung, die sich langsam aufgestaut hatte, brach sich jetzt. Ich kam, es schüttelte mich überall, heißkalte Wellen strömten durch meinen Körper, bis in meine Fingerspitzen, meine Mitte krampfte und entspannte sich. Ich brauchte ein paar Augenblicke, bis ich wieder zurechnungsfähig war. Camille hatte sich vor mich hingehockt und mir neugierig beim Orgasmus zugesehen.

»Habe ich auch so ausgesehen?«, fragte sie.

»Fast. Aber genauso intensiv«, sagte ich.

»War das ... Wie war ich?«

Ich musste mir auf die Lippen beißen, um nicht zu lachen. Die sprichwörtliche Frage danach hatte ich nicht erwartet und wie Camille dahockte und mich ansah, das hatte etwas Rührend-Komisches.

»Hast du das nicht gemerkt?«, fragte ich. »Du warst toll. Ich hatte so viel Spaß und du hast doch gemerkt, wie es mir gekommen ist, oder?«

Camille nickte. Wir kamen zur Ruhe.

»Wie hast du denn gemerkt, dass du Frauen toll findest?«, wollte Camille nach einer Weile wissen.

»Das war sehr spät, erst mit 20, glaube ich.«

Camille sah mich erstaunt an und fragte: »Wie alt bist du denn?«

»24.«

»C'est vrai? Ich hätte dich für höchstens 19 oder 20 gehalten, so wie ich.«

Ich erzählte Camille, wie mein erstes Mal gewesen war und mit wie vielen Mädchen und Jungs ich schon Sex hatte. Jetzt, nachdem wir beide gekommen waren, war sie gleich weniger schüchtern und stellte viele Fragen. Vor allem wollte sie wissen, wie sich welche Technik anfühlte. Ausprobieren, riet ich ihr, nicht nur heute, sondern mit jeder Partnerin und jedem Körper aufs Neue. Sex lebt von Vertrautheit und von Abwechslung gleichermaßen.

»Machen wir noch etwas?«, fragte Camille so unvermittelt, dass ich erst einmal völlig verdattert war. Ich muss wohl reichlich merkwürdig dreingeschaut haben, denn sie grinste. »Ich würde total gerne mehr ausprobieren.«

»Irgendetwas Bestimmtes?«, fragte ich.

»Ich weiß nicht, du bist doch die Expertin. So, dass ich etwas lerne? Und wir Spaß haben?«

»Dann lass mich mal überlegen. Möchtest du mal Spielzeug ausprobieren?«

»Was für Spielzeug? Meinst du ...«

»Ja, Vibratoren, Liebeskugeln und so etwas.« Ich machte meinen Rucksack auf und holte die Tasche mit den Toys raus. Während ich auspackte, fragte ich Camille, ob sie schon mal Sexspielzeug benutzt hatte. Hatte sie nicht, was ich fast nicht glauben konnte. Aber, he, okay, Französisch Buchholz halt. Ich breitete die ganze Palette vor ihr aus. Ein Dildo, ein kleiner und ein großer Vibrator und mein Rabbit. Außerdem ein paar Liebeskugeln.

»Die sind super fürs Training«, sagte ich. »Beckenbodentraining. Und Muschitraining. Einfach für eine Zeit in der Muschi tragen und du merkst nach einer Weile ... obwohl, sinnvoll ist das nur, wenn du Sex mit einem Kerl hast. Vergiss die.« Und ich warf die Liebeskugeln wieder in die Tasche. Dafür holte ich noch Fingeraufsätze mit Noppen hervor, Handschellen und einen Analplug. Alles quietschbunt und fröhlich. Es gibt ja nichts Abtörnenderes als Sexspielzeug mit Fleischimitat. Halt diese Dildos in krankhaft beige mit künstlichen Krampfadern. Das findet doch niemand sexy. Wenn ich einen echten Schwanz möchte, dann organisiere ich mir einen Mann. Und wenn ich Sexspielzeug nehme, dann darf das ruhig wie Spielzeug aussehen.

»Und dann haben wir noch das hier«, sagte ich und zog einen Doppeldildo aus der Tasche.

»Ist das das, was ich denke?«, fragte Camille mit großen Augen.

»Ja, genau das ist es. Die eine Seite kommt bei dir rein, die andere bei mir. Und dann immer hin und her. Hast du mal Pornos gesehen? Sicher hast du das. Da bekommt man den Eindruck, das Schönste für zwei lesbische Frauen ist es, sich gegenseitig mit so einem Dildo zu ficken.« Was ja hieß: Wir hätten schon gerne einen echten Mann.

»Das ist so ziemlich die einzige Gelegenheit, wo diese Dinger wirklich benutzt werden, glaube ich.«

»Hm ...«, sagte Camille. Sie nahm den Doppeldildo in die Hände, strich neugierig darüber und schnüffelte.

»Riecht ganz neutral«, murmelte sie. Ja was denn sonst, dachte ich, nach Nusscreme, oder was?

Camille sah auf. »Vielleicht stimmt das, was du sagst. Dass so etwas nur in Pornofilmen verwendet wird. Aber können wir den trotzdem mal ausprobieren?«

»Du, von mir aus gerne, alles, was du möchtest. Aber wäre es nicht sinnvoller, erst einmal einen normalen Dildo zu nehmen?«

Camille schüttelte den Kopf und sah so fasziniert auf das Spielzeug in ihrer Hand, dass ich nicht weiter fragte. Die Kundin ist schließlich Königin. Aber eine Sache war da noch. »Entschuldige, wenn ich das frage, das findest du jetzt sicher indiskret. Wenn wir den Dildo benutzen, kann es sein, dass dein Jungfernhäutchen reißt und ...«

Camille schüttelte den Kopf. »Nein, das wird nicht passieren.«

»Doch, das kann es.«

»Nein, kann es nicht«, sagte Camille bestimmt. Ich schaute sie skeptisch an und wollte zu einer Erklärung ansetzen – dass das nicht passieren muss, aber auf jeden Fall kann und wie so die anatomischen Grundlagen aussahen. Da sagte sie: »Meins ist schon gerissen.«

Okay ... dachte ich und sah Camille auffordernd an. Sie wurde rot und meinte: »Wenn du wissen willst, wieso – keine Ahnung. Irgendwann hat es halt mal geblutet, nicht stark, nur so ein bisschen. Und meine Ärztin meinte, mein Häutchen wäre von allein gerissen.«

»Ja, das kann passieren. Es ist ohnehin ein Mythos, dass beim ersten Mal das Bett einen Blutfleck bekommt.«

Aber zurück zum eigentlichen Thema. Es gibt zwei gute Möglichkeiten, einen Doppeldildo zu verwenden, zumindest in meinen Augen. Alle anderen sind nur etwas für Akrobaten oder Pornoprofis und ich bin keines von beidem. Entweder gehen die beiden Mädels auf alle viere, mit den Hintern zusammen, sodass die Muschis schön eng voreinander liegen und dann immer hin und her.

»Oder wir setzen uns voreinander, Beine breit und stecken uns den Doppelschwanz rein. Dann kann eine von beiden ihn hin und her bewegen«, erklärte ich Camille und sagte ihr, dass ich Nummer zwei eindeutig bevorzugte. Bequemer und geiler, schon alleine, weil wir uns dabei ansehen konnten.

»Und du bist dir immer noch sicher?«, fragte ich, während ich in meiner Tasche nach Gleitgel kramte. Ich hatte immer vier bis fünf Tuben dabei, normal, prickelnd, wärmend und mit Geschmack. Nur zur Sicherheit. Statt einer Antwort setzte sich Camille aufrecht hin und spreizte die Beine. Sie nickte. Ihre Muschi lag offen und rosarot vor mir, noch glänzend von der Feuchtigkeit, die langsam trocknete. Na dann ...

Ich setzte mich vor sie hin und zeigte ihr, wie sie die Beine anwinkeln musste, damit wir nah genug beisammen saßen. Den Dildo hatte ich eingegelt und führte ihn mir jetzt ein. Ein herrliches Prickeln wanderte durch meine Muschi und meine Beine entlang, als der Kunstschwanz langsam in mich hinein glitt. Ich hatte schon ein paar Wochen keinen Mann mehr gehabt und war nicht dazu gekommen, mich selbst zu ficken. Ich stieß ein paar Mal zu, um zu sehen, ob alles schön flutschte, dann robbte ich mit dem Hintern näher an Camille heran. Sie lächelte mich an und schaute dann wieder fasziniert auf den Dildo. Ich hätte nicht gedacht, dass das Teil noch mal zum Einsatz kommen würde, das letzte Mal war, keine Ahnung, vor drei oder vier Jahren? Und damals ... sagen wir mal, ich denke eher mit gemischten Gefühlen daran zurück. Umso schöner sollte es Camille jetzt haben, dafür würde ich sorgen. Ich schob ihr den Dildo langsam hinein und ließ ihn ein paar Mal rein- und rausgleiten.

»Mon Dieu ... das ist ... gut!«, keuchte Camille.

»Gefällt es dir?« Mir auf jeden Fall. Der Dildo glitt abwechselnd in unsere Muschis. Bei mir gab es jedes Mal ein schnappendes Geräusch.

»Quelle question, natürlich gefällt mir das.« Camille war hin und weg und achtete nur noch auf den Schwanz in ihrer Muschi.

»Nicht dass du jetzt doch auf Jungs stehst«, sagte ich und zwinkerte ihr zu. »Nur weil du gerne einen Schwanz spürst. Das kannst du einfacher haben.«

»Oh ... ja ... nein, sicher nicht. Aber das fühlt sich so merveilleux an. So ... geil? Und wie das aussieht.«

Wo sie recht hatte – unsere beiden Muschis beieinander, Camilles mit akkuratem Dreieck, meine mit schmalem Landing Strip und dazwischen gerade so viel Platz, dass ich gut vor- und zurückstoßen konnte. Ich ließ den Dildo hin und her gleiten und genoss jeden einzelnen Stoß, das Gefühl, wenn er richtig tief eindrang. Nur nicht zu schnell für den Anfang, die Kunst bestand darin, bei Camille vorsichtig zu sein. Das war ihr erster Dildofick, da konnte ich nicht gleich wie eine Berserkerin zustoßen. Ich bin doch kein Mann ...

Bei jedem Stoß in meine Spalte sah ich, wie Camilles Schwanzteil glänzte und ich meinte, wieder ihren Muschiduft zu riechen. Sie schloss die Augen und gab sich meinen Stößen hin. Nach und nach wurde ich schneller und tiefer und ließ den Dildo bis zum Anschlag hineingleiten. Camilles Muschi war dick und rosig, von meiner ganz zu schweigen.

»Und jetzt du«, sagte ich. Ich legte Camilles warme, schwitzige Hand auf den Schwanz. Sie fasste den Dildo fest an und begann, uns zu ficken. »Ist das in Ordnung so?«, fragte sie.

»Das ist wunderbar«, sagte ich. »Du kannst ruhig kräftiger stoßen.«

Camille war eine gute Schülerin. Kurz darauf fickte sie uns schnell und stark.

»Au, ja, ohh!«, rief ich und versuchte, meine Hüfte

nach vorn zu schieben. Camille hörte sofort auf, ihre Hand zu bewegen.

»Habe ich dir weh getan?«, fragte sie.

»Nein, im Gegenteil, mach weiter.«

Camille wechselte das Tempo, sie fand Gefallen daran, herumzuspielen und war so gut, dass ich nicht lange brauchte. »Ich komme gleich. Und du?«

»Ich auch.« Jedenfalls denke ich, dass sie das sagte, denn entweder konnte ich nicht mehr richtig hören oder sie redete so undeutlich. Unsere Hüften hüpften auf und ab, Camilles Augen glänzten und ihre Wangen waren dunkelrosa.

»Dann bring uns dahin. Fick uns, bis wir kommen!«, sagte ich. Das ließ Camille noch stärker erröten, aber sie beschleunigte ihre Bewegungen. Die nächsten Minuten hörte man nur unser Stöhnen und Keuchen und ab und zu ein schmatzendes Geräusch, wenn der Dildo mit Schwung in eine von uns eindrang. Meine Erregung wurde immer stärker und ich konnte spüren, dass es Camille genauso ging. Kurz vor dem Höhepunkt rief ich ihr zu: »Schau mich an. In die Augen. Wenn wir kommen.« Da war sie schon so weit und keuchte: »Ich ... ich ... mon dieu, ich komme!« Sie presste die Lippen aufeinander und ihre Augen strahlten. Der Orgasmus schüttelte ihren Körper, sie ließ sich zurückfallen und – ließ den Dildo los.

Aaah! Panik. Ich war zum Zerbersten gespannt und mein ganzer Körper sehnte sich nach dem befreienden Orgasmus. Ich griff nach dem Schwanz und stieß weiter zu – nur ein paar Stöße und ich kam. Ich spielte noch ein bisschen mit dem Dildo, legte ihn dann beiseite und setzte mich neben Camille. Meine Hand strich gedankenverloren über Camilles verschwitzte Haut.

»Das hast du gut gemacht ... Scheiße, das klingt arg lehrerhaft, oder? Stimmt aber, ich hatte schon eine Weile keinen so geilen Höhepunkt mehr. Du lernst schnell.«

»Da gibt es doch nicht viel zu lernen?«

»Wenn du wüsstest ... ich finde, das war echt gut heute. Mir hat es jedenfalls riesig Spaß gemacht und dir hoffentlich auch.«

War Camille zufrieden? Ich denke schon. Auf jeden Fall buchte sie mich für zwei weitere Termine. »Nur um sicher zu sein, dass ich alles verstanden habe ...« Natürlich auch, um das eine oder andere Spielzeug auszuprobieren. Und alles noch einmal gründlich zu – vertiefen.

Steffi und Robert

Habe ich schon erwähnt, dass wir Stammkunden haben? Okay, das sollte ich erläutern, das klingt sonst komisch. Ich meine nicht, dass wir Kunden mit Jugenddemenz haben, die ihr Erstes Mal immer wieder neu erleben. Das wäre traurig und definitiv kein Fall für uns. Nein, man kann uns für einen ganzen Lehrgang haben. Buchen Sie mich und ich bringe Ihnen alle wichtigen Sex-Stellungen mit allen Varianten bei. Ein Sex-Führerschein für reibungslosen Verkehr. Wobei, ohne Reibung wäre schon blöd.

Geil, Kamasutra! Das haben Sie doch gedacht, oder? Haben Sie das Kamasutra wirklich mal gelesen und nicht nur die Bilder angeschaut? Wenn ja, dann herzlichen Glückwunsch, dann sind Sie einer von wenigen. Die meisten stürzen sich doch nur auf die Sexbildchen.

Und vor allem: Haben Sie mal versucht, alle Stellungen nachzumachen? Ich weiß ja nicht, wie es Ihnen geht, aber ich bin keine Kunstturnerin und meine Kunden auch nicht. Nein, wenn ich einen Lehrgang habe, mache ich etwas viel Einfacheres:

Ich vögele in den gängigsten Stellungen. Welche das sind, spreche ich mit den Kunden ab, aber meistens sind es dieselben vier oder fünf: Missionarsstellung, Doggy, Cowgirl, manchmal anal und mein heimlicher Favorit, Oral Total. Wenn ich damit durch bin, ist er fit für alles, was ihm so ins Bett fällt.

Robert war so ein Kunde. Robert war cool. Er trug zwar Kassengestell und Klamotten von C&A, aber er hatte seine Schüchternheit schnell überwunden und war mit ganzem Einsatz dabei. Und dabei hatte er echt Humor. Es gab lange keinen Kunden mehr, mit dem ich so viel Spaß hatte. Sex ist immer toll und macht mit jedem Kunden Spaß. Aber mit manchen halt besonders.

Der dritte Termin stand an. Die Missionarsstellung mit allen Spielarten hatten wir schon durch. Missionarsstellung, Spielarten? Wenn Sie sich das fragen, dann sollten Sie auch mal einen Nachhilfekurs besuchen. Und ob das geht. Fröhliches Vögeln in vielen Formen. Ich hatte die Beine breitgemacht und meine Pussy weit geöffnet. Ich hatte die Beine geschlossen und meine Kleine eng gemacht – so eng, dass er schon nach wenigen Stößen spritzen musste. Er hatte mich in der Austerstellung gefickt, ich hatte die Beine um seinen Körper, dann die Knie neben meinem Kopf und das zweite Mal war er gekommen, als ich wie ein Paket zusammengefaltet war.

Beim zweiten Termin hatte ich ihm beigebracht, was man alles mit Hand und Mund anstellen kann – und das ist eine Menge, glauben Sie mir. Nacheinander und gleichzeitig. Robert war auch einer der wenigen Kunden, bei dem es mir nichts ausgemacht hätte, zu schlucken. Aber hey, safety first, Französisch nur mit Pariser.

Und das Thema heute war Doggy. Ich hatte ein paar Ideen, die Robert gefallen mussten. Er würde auf jeden Fall auf seine Kosten kommen.

»Hey!«, begrüßte er mich und zog mich an der Hand hinein. »Wir sind heute alleine, nicht mal meine Schwestern sind da, wir haben die ganze Wohnung für uns.«

»Und jetzt willst du es in jedem Raum machen?«

»Gute Idee, obwohl, warte mal. Nein, definitiv nicht im Schlafzimmer meiner Eltern. Uh, das ... nein. Aber ich dachte, wir könnten ja mal die Küche oder das Wohnzimmer ausprobieren. Und das Bad. Das müsste heute gut gehen.«

»Und im Zimmer deiner Schwestern?«

Robert zuckte mit den Schultern. »Hauptsache Sex, würde ich sagen. Und du, geiles Kleid. Du siehst ja heute wieder heiß aus.«

»Und du siehst aus, als wäre dir heiß.« Warum sonst trug Robert seine schrecklich bunten Hawaii-Shorts und das nicht, auf keinen Fall, aber so gar nicht dazu passende Blumen-Print-Shirt? Sicher nicht aus modischen Gründen, hoffte ich.

»Heiß auf dich«, sagte er und zog mich zu sich. Ich fasste ihm in die Shorts. Er trug keine Unterhose und sein Schwanz stand schon steif nach oben.

»Du willst heute gar keine Zeit verlieren, was?«, fragte

ich lachend und rubbelte ein paar Mal an seinem Ständer. Robert zuckte mit den Schultern und schenkte mir ein schiefes Lächeln, das wohl sagen sollte, nö, eher nicht.

»Aber mach mir jetzt nicht den Jean Pütz – isch hab da mal was vorbereitet ...« Ich zog mir mein Kleid über den Kopf und schlüpfte schnell aus meiner Unterwäsche. Dann rieb ich mich nackt an Robert und wollte ihm das schreckliche Shirt ausziehen. Er schüttelte den Kopf.

»Ich mache mal lieber die Vorhänge vor. Die alte Frau Malowski gegenüber hängt den ganzen Tag im Fenster. In letzter Zeit sogar mit Opernglas.«

Scheiße, Reihenfolge beachten. Das Wohnzimmer hatte breite bodentiefe Fenster und ich stand splitternackt davor. Ich sah mich hektisch um und schmiss mich auf das Sofa, in der Hoffnung, dort nicht gesehen zu werden. Abenteuer ja, und das Risiko, beobachtet zu werden, gab mir einen zusätzlichen Kick. Aber halt das Risiko, nicht die Gewissheit, von der alten Nachbarin beim Ficken begafft zu werden.

Und bei meinem Glück war das so eine Silver Surferin, die direkt ihre Kamera zur Hand hatte. Ich hörte ein quietschendes und glucksendes Geräusch und schob vorsichtig den Kopf über die Rücklehne. Robert ließ die Lamellen vor den Fenstern runter und amüsierte sich.

»Du hast ausgesehen, oh Mann«, sagte er lachend. »Wie schnell du auf das Sofa gehüpft bist.«

Na warte, dachte ich, mach dich nur lustig. Aber er hatte ja recht, es musste urkomisch ausgesehen haben, wie ich nackt durch Zimmer gerannt war und mich auf das Sofa geschmissen hatte.

»Dafür liege ich schon passend«, erwiderte ich. »Ich finde, du könntest dich jetzt auch ausziehen.« Das war schnell erledigt. Robert kam nackt auf mich zu, mit seinem kleinen Bauchansatz, der hellen Haut und vor allem dem steif abstehenden Schwanz.

By the way, Schwanzvergleich soll ja so eine Jungs-Sache sein. Aber ich kann inzwischen mitreden, durch den Job habe ich ja schon genügend Exemplare gesehen. Ich kenne sie alle, die dicken und die dünnen, lang und kurz. Schwänze, die aussehen wie kleine Knubbel und welche wie Salatgurken. Nur nicht so grün. Dunkle und helle und Schwänze mit so dicken Adern, dass man nicht extra ein gerilltes Kondom braucht. Ich hatte beschnittene Schwänze und unbeschnittene. Ich kann nicht einmal sagen, welche mir lieber sind. So ein beschnittener Penis ist toll zum Blasen, der schmeckt und riecht viel sauberer. Aber da einen vernünftigen Handjob hinzubekommen, ist ohne Gel fast unmöglich.

Roberts Schwanz war lang und dünn, wie ein grüner Spargel. Er war als kleiner Junge aus medizinischen Gründen beschnitten worden. Ich glaube, er war etwas enttäuscht, dass sein Penis so dünn war, aber das machte er mit Länge und Technik mehr als wett.

»Du kannst direkt rein, ich habe schon etwas ... vorgearbeitet«, sagte ich und wackelte mit dem Po. Das ließ sich Robert nicht zweimal sagen. Im Nu saß er über meinen

Beinen und streichelte meinen Hintern. Hatte ich erwähnt, dass er erstaunlich fingerfertig war? Nein? Robert konnte mit seinen Händen zaubern. Bei der zweiten Lektion war es sensationell. Er fickte mich mit seinen Fingern, massierte meine Muschi-Lippen, spielte mit meiner Klit und streichelte mich. Und das alles gefühlt gleichzeitig. Bis dahin hatte ich nicht gewusst, was eine einzige Hand mit meiner Kleinen anstellen konnte.

So wie jetzt. Seine Hände waren voller Energie und gleichzeitig ganz zärtlich meine Pobacken.

»Du kannst meine Pobacken ein bisschen auseinanderziehen, dann siehst du meine Kleine besser. Ja, genau so. Und dann kannst du … oh!« Ich zuckte zusammen. Robert hatte seinen Finger in meine Muschi gesteckt und kraulte mich von innen. Damit hatte ich nicht gerechnet. Ich spürte seine Finger überall in mir, er kraulte mich, oh Gott, ich wurde so feucht, ich hatte Angst, auszulaufen. Jetzt war ich definitiv bereit für seinen Schwanz. Aber erst einmal legte er seinen Daumen auf meine Klit und begann sie im selben Rhythmus wie meine Kleine zu streicheln. Oh Mann, war das geil.

»Oh, ja … das ist gut. Mach weiter so.« Ich hatte es nicht eilig damit, von Robert genommen zu werden. Sollte er mich doch erstmal verwöhnen. Das war zwar ein Job, aber hey, wenn ich einen gratis Orgasmus bekommen kann, dann nehme ich den.

So wie Robert mich stimulierte, dauerte das nicht mehr lang. Ich verlor mich darin, die warmen Wellen zu spüren, die durch meinen Körper liefen, dem Kribbeln in meiner Muschi und Roberts Fingern, die ... auf einmal aufhörten.

Was? Nein, bitte ... Aber ehe ich das richtig realisiert hatte und protestieren konnte, hatte er schon seinen Schwanz an meine Pussy gesetzt und stieß zu. Ich war so feucht, er glitt geschmeidig in mich hinein und fickte mich. Ich stöhnte auf.

»Du ... oh ... bist ein Naturtalent.«

»Dazu gehört doch nicht viel«, sagte Robert. »Wenn man, also Mann, etwas kann, dann das, oder? Wenn man fürs Vögeln ein Diplom bräuchte, dann wären wir schon längst ausgestorben.« Er bewegte sich ruhig und gleichmäßig. Ich fühlte seinen Schwanz tief in mir. Er massierte mich geschmeidig und ich merkte wieder, dass es eindeutig nicht auf die Dicke eines Penis ankam.

»Ja, komm ... fick mich ...«, rief ich, als ob Robert eine Aufforderung bräuchte. Aber er machte mit und keuchte: »Ja, ich fick dich.«

Robert zog seinen Schwanz nach jedem Stoß ganz heraus und stieß ihn dann wieder tief in mich hinein. Ich versuchte, nach ihm zu schnappen, aber ich war zu langsam oder er zu schnell ... jedenfalls schnappte ich immer erst zu, wenn er wieder ganz in mir steckte. Was dazu führte, dass ich ihn zusätzlich massierte und Robert jedes Mal keuchte. Einen Mann zum Wahnsinn zu treiben ist gar nicht so schwer, wenn sein Penis in dir steckt.

»Du kannst gerne meinen Arsch massieren. Ich mag das, ja, genau so. Das fühlt sich gut an.« Roberts Hände strichen sanft über meine Pobacken. Während er mich mit gleichmäßigen Stößen vögelte, streichelte er mich ganz zärtlich, in symmetrischen Bewegungen über beide Backen. Immer wieder strich bis zu meinem Rücken und wieder hinunter. Nach einer Weile fing er an, mich zu kneten, erst sachte, tastend, dann immer kräftiger. Er massierte meinen Hintern kräftig und vorsichtig, im gleichen Rhythmus wie seine Stöße. Es war so geil und ich dachte: Das ist genau der Grund, warum du diesen Job machst. Wow.

Zeit, ihm etwas anderes zu zeigen? Aber warum beeilen, wir hatten doch noch den ganzen Abend. Lieber erst einmal schön ficken lassen. Wenn Robert mit anderen Mädchen direkt Stellungsakrobatik betrieb, waren die schneller weg, als er kommen konnte. Also lag ich eine Weile nur da und genoss seinen Schwanz.

Aber irgendwann musste es weitergehen.

»Komm, lass uns noch etwas anderes ausprobieren.«

»Oh. Okay?« sagte Robert. Ich richtete mich langsam auf und versuchte auf die Knie zu kommen. Das ging nicht, ohne dass Robert Platz machte. Widerstrebend hörte er mit dem Stoßen auf. Sein Schwanz glänzte feucht und ich hatte den plötzlichen Impuls, ihn anzufassen und an der Spitze zu streicheln. Robert zuckte zusammen und ich zog meine Hand schnell weg.

»Stell dich mal hinter die Seitenlehne. Ja, da, genau.« Ich kniete mich längs auf das Sofa, den Kopf auf den Sitz und hob meinen Hintern nach oben. Klingt unbequemer, als es war, ernsthaft. Und selbst wenn, als Robert mich an der Hüfte festhielt und mich vögelte, wäre mir das egal gewesen. Er stieß druckvoll zu und zog mich bei jedem Stoße zu sich ran, sodass er besonders tief eindrang. Es war so geil, ich biss mir auf die Zunge, um nicht laut zu rufen. Ein Stöhnen konnte ich nicht unterdrücken.

»Oh Gott ja ... Mann, bist du hart.«

Es war animalisch.

Und dann entdeckte er mit seinem Daumen mein anderes Loch.

Der Moment, als er seinen Daumen zwischen Muschi und Anus drückte und sanft massierte – es war wie ein kleiner Blitz, der mich durchfuhr.

»Oh Gott, oh Gott ... Mann, ja, das ist geil!«, rief ich. Ich hatte Robert erzählt, wie lustvoll es sein kann, am Anus massiert zu werden. Ich hatte nur nicht damit gerechnet, dass er das gerade jetzt umsetzen würde.

Boah, Steffi, hörst du dir eigentlich selbst zu, meldete sich der Teil meines Gehirns, der nicht aufs Vögeln konzentriert war. Erklärt, umgesetzt, du klingst ja schon wie das Verwaltungslehrbuch deiner Schwester. Fehlt nur noch der belastende Verwaltungsakt. Oh Gott, nein, bitte eher ein befreiender Akt ...

Robert hatte Spaß daran, mit Schwanz und Daumen zu spielen. Erst ließ er sie gleichzeitig in mich gleiten, dann abwechselnd und dann hörte er mit Ficken auf und spielte nur in meinem Hintern herum.

Meine Kleine rief mir zu, er solle sich endlich wieder bewegen, aber den Gefallen tat er ihr nicht. Oh, bitte, komm schon. Nein, nicht kommen, bitte noch nicht, ich meine ...

»Das ist gut. Weißt du, was noch besser ist? Lass deinen Finger in meinem Hintern, während du mich fickst und mit den anderen streichelst du meine Klitoris. Ah! Ja, ja so! Ai!«

Es war wie eine Explosion, als ich kam, ich fühlte ihn überall. Mein Körper schüttelte sich und meine Muschi zog sich zusammen. Das gab Robert den Rest und ich spürte sein Sperma in mir.

Danach setzten wir uns aufs Sofa und redeten. Über dies und das, wie seine Woche war und wie ihm die erste Lektion heute gefallen hatte.

»Was ist denn bisher deine Lieblingsstellung?« wollte ich von ihm wissen.

»Hm, gute Frage. Alle?«

Ich stupste ihn in die Seite. Er überlegte etwas länger und schüttelte den Kopf. »Nein, ernsthaft, die haben doch alle was.«

Robert hatte den Arm um mich gelegt und ich streichelte ihm geistesabwesend über die Oberschenkel. Er hatte so wenig Haare am Körper, dass er blutjung wirkte. Seine Haut glänzte und klebte von dem Schweiß, der gerade dabei war, zu trocknen. Ich machte die Augen zu und atmete tief ein. Roberts Deo mischte sich mit dem Salzgeruch und diesem markanten Duft von frischem Sperma. Vielleicht hätten wir den Pariser doch direkt wegwerfen sollen.

He, Steffi, jetzt nicht lockerlassen, er hat deine Frage noch nicht beantwortet. Aye aye, Ma'am!

»Aber wenn du dich jetzt entscheiden müsstest. Wenn du für den Rest deines Lebens nur noch in einer Stellung vögeln dürftest, welche wäre das?«

»Okay, dann die Missionarsstellung. Guck mich nicht so an. Die ist unglaublich intensiv und gleichzeitig zärtlich«, sagte er mit Blick auf meine hochgezogenen Augenbrauen. »Ich weiß nicht, wie ich das sagen soll. Wenn ich dich dabei ansehe, dann sieht dein Gesicht so leidenschaftlich aus. Das macht mich echt an.«

Mit so einer Antwort hatte ich nicht gerechnet. Die meisten Kunden fanden entweder Doggy oder das Cowgirl am besten. Robert war halt cool. Ich zwinkerte ihm zu und fuhr mit der Hand wie zufällig in seinen Schritt. Sein Penis war immer noch klein und hatte diesen dünnen Film von Spermaresten. Ich kitzelte ihn sachte. Robert ließ die Hand von meiner Schulter gleiten und legte sie auf meine Kleine. Es fühlte sich ganz warm und wohlig an und tat unheimlich gut.

»Nee, ich bin nicht cool. Und was ist schon dabei, dass ich die Missionarsstellung mag? Ist doch normal, oder nicht?« Da erklärte ich ihm erst mal, dass ich das gar nicht fand und dass die meisten Kunden etwas anderes sagten. Er nahm es mit einem Schulterzucken hin und widmete sich wieder meiner Muschi, indem er mich mit dem Mittelfinger kraulte. Gerade so, dass ich erregt wurde, aber mich nicht direkt auf ihn schmeißen wollte.

Ich erzählte ihm von meiner Woche und den Bauarbeiten bei mir im Haus und dass meine Mitbewohnerin mir schon wieder in den Ohren lag, einen langen Sissi-Filme-und-Prosecco-Abend zu machen. So wie Robert schaute, verstand er absolut nicht, warum ich darauf keinen Bock hatte. Okay, manche Sachen muss man nicht verstehen. Ich lenkte das Gespräch dezent weiter und wir kamen von einem zum anderen. Robert hatte auch eine anstrengende Woche gehabt, Schule war stressig gewesen und die Fahrstunden waren auch irgendwie blöd gewesen. Ich musste an diesen einen Cartoon denken, in dem eine Frau am FKK-Strand für die Führerscheinprüfung übt. Mit ihrem Mann als Schalthebel.

»Jetzt sag mal, eine Sache habe ich dich gar nicht gefragt. Gibt es denn ein Mädchen, das du gut findest?« Ich hatte erwartet, dass Robert rot wurde und wegsah oder mir zumindest mit der Antwort auswich. Aber nichts da, er war genauso geradeaus wie beim Vögeln.

»Es gibt viele, die ich gut finde. Blöde Frage. Sorry!« Als ich entschuldigend den Kopf schüttelte, fügte er hinzu: »Aber du meinst, ob ich mich in eine verguckt habe, oder? Ja, klar.«

»Und?«

»Wie: und?«, fragte er und steckte mir den Mittelfinger ganz in mein Loch. Uh, oh.

»He, nicht ablenken ... puh. Dazu kommen wir gleich noch. Wie heißt sie, wer ist sie? Wie sieht sie aus?«

Robert zog seine Hand aber nicht zurück, im Gegenteil,

er fing an, mich mit seinem Finger zu ficken. Na warte, das konnte ich auch. Ich fasste seinen Schwanz fester und rieb ihn kräftiger.

»Okay, sie heißt Maike und arbeitet in der Fahrschule. Sie ist wunderschön und so witzig. Sie weiß unglaublich viel und ich kann mit ihr über alles lachen ...«

Ob es jetzt an Maike lag oder an meiner Hand oder daran, dass ich nackt neben ihm saß, egal, Robert war wieder einsatzbereit. Sein Penis war genauso steif wie vor dem Fick. Zeit für die nächste Lektion.

»Ich glaube, wir können gleich weitermachen. Ich habe mir auch schon überlegt, wie es weitergeht. Du hast mich im Liegen von hinten genommen und ich habe mich vor dich gekniet. Zwei Varianten fehlen noch. Ich möchte, dass du mich im Stehen fickst. Und dann falte ich mich zusammen wie ein kleines Paket. Wie schaut's, wollen wir dann?«

Ich wartete seine Antwort nicht ab, sondern zog ihn vom Sofa hoch und in Richtung Küche.

»In die Küche kann man von außen doch nicht reinsehen, oder? Da war doch ein Baum davor.«

»Hm, ja.«

Ja, den Baum gab es zum Glück noch und die Küche sah genauso aus, wie ich sie in Erinnerung hatte, mit den Holzschränken und dem großen Esstisch. Ich stützte mich mit den Ellenbogen auf die Platte und streckte Robert meinen Hintern entgegen.

»Noch einen Nachschlag? Spezialität des Hauses?«,

fragte ich und wackelte mit dem Hintern. »Ich finde von hinten im Stehen besonders aufregend. Am besten stellst du dich direkt hinter mich und fasst mich an den Hüften. Dann kannst du mich beim Stoßen zu dir ran ziehen. Ja, so wie eben. Aber gerne noch fester. Ah! Ja, genau so!«, rief ich. Robert hatte mich gepackt und fickte mich mit kräftigen Stößen, so wie ich es ihm beigebracht hatte. Ich verlor beinah das Gleichgewicht und rutschte mit den Ellbogen ab. Egal, lag ich halt mit dem Oberkörper auf dem Tisch. Meine Titten fanden das nicht so toll, aber darauf konnte ich jetzt keine Rücksicht nehmen.

Robert rammelte ohne Rücksicht auf Verluste. Er zog meinen Po bei jedem Stoß nach hinten und stieß seinen Schwanz bis zum Anschlag rein. Sein Sack klatschte gegen meine Pobacken und es gab bei jedem Stoß ein kleines »Platsch«, das man bei unserem lauten Stöhnen kaum hörte.

»Nicht wundern, ich mache es mir jetzt selbst. Das heißt nicht, dass du nicht toll vögelst. Aber manche Mädchen kommen viel leichter, wenn ihre Klit gestreichelt wird.« Ich schob mir die Hand zwischen die Beine, was einigermaßen akrobatisch anmutete, so wie ich über der Tischplatte lag. Aber ohne Arbeit kein Lohn. Ich spürte Roberts Schwanz an meiner Hand und formte mit meinen Fingern einen kleinen Ring, um ihn zusätzlich zu reizen.

»Boah, geil!«, sagte Robert und schnaufte.

»Ja, das ist geil!« Ich drückte ein paar Mal leicht zu, und Roberts Stöße wurden von Mal zu Mal schneller. Vorsicht,

Steffi, dachte ich, pass auf, dass er nicht gleich kommt. Ich ließ ihn los und tastete nach meiner Klit. Die war hart wie ein Kirschkern und wartete nur darauf, angefasst zu werden. Es brauchte nur eine leichte Berührung und sofort durchfuhr es mich wie ein elektrischer Schlag.

»Oh«, rief ich, rieb meine Klit und ließ meine Finger darauf kreisen. Mir wurde immer heißer und ich spürte, wie meine Erregung anschwoll. Was für ein geiler Fick. Und was für ein kraftvoller Kerl.

»Oh Gott, bitte fick mich!«, rief ich. »Nimm mich. Du bist so ... oh ja!« Und er war. Gut.

»Ich ... ficke dich!«

»Und wie du mich fickst. Steck ihn tief rein! Oh, ja.«

Roberts Stöße wurden langsamer, aber kräftiger und ich wurde mit jedem Stoß auf die Tischplatte gedrückt. Er hatte mich festgenagelt und nahm mich. Ich dachte noch, aufgepasst, wir wollten doch wechseln – da quietschte und rumpelte es und ehe ich mich versah, rutsche und fiel ich. Ich konnte mich gerade noch abstützen. Robert verlor das Gleichgewicht, er stieß gegen mich und zusammen taumelten wir ein paar Schritte, bevor wir uns fangen konnten.

»Alles in Ordnung bei dir?«, fragte ich, als ich mich vom ersten Schreck erholt hatte. Er nickte, zum Glück nichts passiert. Außer einem gehörigen Schrecken und einem leichten blauen Fleck waren wir ohne Schaden davongekommen. Robert hatte rechtzeitig seinen Penis herausziehen können. Nach dem einem Blick war uns klar, was da passiert war. Wir hatten es so heftig getrieben, dass sich der ausziehbare Esstisch zusammengeklappt hatte und weggerutscht war. Mit ein paar geübten Handgriffen hatte Robert ihn schnell wieder aufgebaut und sich vergewissert, dass es keine bleibenden Schäden gab. Finanziell wäre das nicht dramatisch gewesen, dafür sind wir versichert. Aber wie hätte Robert seinen Eltern erklären sollen, wie das passiert war?

Durch den Schreck war uns erst einmal die Lust vergangen. Auf jeden Fall hatte sich meine Erregung aus dem Staub gemacht. Wir lehnten uns gegen die Küchenzeile und tranken einen Schluck Wasser, um durchatmen zu können.

»Ist dir so was schon mal passiert?«

»Zum Glück nicht, das ist das erste Mal. Aber Phil hat erzählt, er hat mit einer Kundin mal eine Garderobe geschrottet, an der sie sich beim Stehfick festgehalten hat.«

»Aber verletzt hat sich niemand von euch? Mein Kopfkino zeigt mir gerade schlimme Bilder.«

»So wie bei dieser Doktorarbeit? Penisverletzungen durch Masturbation mit Staubsaugerrohren? Nein, mein inoffizielles Motto ist zwar, Vögeln bis der Arzt kommt, aber das mussten wir zum Glück noch nie wörtlich nehmen.« Toi toi toi.

Nach einer Weile fragte Robert: »Geht's wieder?«

»Ja, alles gut«, sagte ich. »Die Frage ist eher, steht's wieder? Dein kleiner Prinz hat doch den Schock seines Lebens bekommen.« Ich sah auf Roberts Schritt.

»Kein Wunder, oder? Aber ich glaube, der kann bald wieder. Du musst ihn nur etwas ermutigen ...«

»Meinst du so?« Ich streichelte über seinen schlappen Schwanz und massierte sein Säckchen. Robert schlang seine Arme um mich und wir küssten uns. Unsere Zungenspitzen spielten miteinander er ließ seine Hände über meinen Rücken gleiten und knetete meinen Po.

»Hm, ja, so in etwa«, sagte er. Sein Penis wuchs unter meinen Berührungen schnell und war bald wieder so hart wie vor dem Unfall. Robert versuchte, mich mit den Händen am Arsch zu dirigieren und meine Muschi zu seiner Schwanzspitze zu führen. Ich hätte nichts gegen einen kleinen Stehfick gehabt. Aber das war heute nicht das Thema.

»Ruhig, Brauner«, sagte ich, machte ein paar beruhigende Laute, ließ Roberts Schwanz aber nicht los. »Wir haben doch noch was vor. In dein Zimmer?« Ich führte ihn am Penis durch die Wohnung bis in sein Zimmer und stellte ihn vors Bett. Ich selbst krabbelte auf die Matratze und machte mich klein wie ein kompaktes Paket. Nein, kleiner, wie ein Päckchen, dessen Rückseite dazu einlud, auseinandergezogen zu werden und den Blick auf eine willige Muschi freizugeben. Robert brauchte keine Erläuterung mehr. Er stieg zu mir und ich fühlte, wie er sich von hinten an mich schmiegte.

»Weißt du, was ich mag? Wenn du deine Schwanzspitze an meine Muschi hältst und etwas damit spielst. Du kannst damit auf und ab ... ja, so. Das ist total erregend.« Er hatte seinen Penis in die Hand genommen und rieb spielerisch an meiner Spalte entlang, immer auf und ab. Er ließ seinen Schwanz kreisen und führte ihn in sanften Ovalen über meine Muschilippen. Ich fing an, zu schnurren.

Er steckte seinen Ständer alle paar Mal gerade eben in mein Loch, jedes Mal ein bisschen tiefer. Und dann hörte er mit dem Spielen auf und vögelte mich richtig.

»Das war so gut. Ich bin wieder richtig feucht, merkst du das?« Statt einer Antwort stieß mir Robert seinen Schwanz ein paar Mal fest in die Muschi, sodass ich aufkeuchte. Ich hatte das Gefühl, sein Schwanz war nach der unfreiwilligen Unterbrechung noch einmal gewachsen und dicker als zuvor. Er füllte mich vollkommen aus.

»Ja, das ist geil. Nimm mich, fick mich«, rief ich. Den Gefallen tat er mir, und wie. Robert lehnte halb über mir und hatte meine Hüften fest umklammert, während er mich vögelte.

»Wow, geil ...«, sagte er. »Ich weiß nicht, wie lange ich das durchhalte.«

Oh, bitte, noch ein bisschen. Nicht vor mir kommen. Ich versuchte, mit meiner Hand an meine Muschi zu kommen, aber das war schwierig bei der Position. Vielleicht die Beine weiter auseinander, dann könnte ich ...

»Ich ... komme ... gleich ...«, rief Robert. Aber er wurde nicht schneller, sondern langsamer und versuchte, jeden seiner Stöße auszukosten. Mich machte das fast wahnsinnig. Warum stieß er nicht schneller zu? Komm, schneller, fick mich, wollte ich rufen.

»Jetzt ...«, rief er und sein Schwanz pumpte. Er kam und spritzte mich mit mehreren letzten Stößen voll. Also den Pariser. Aber die Vorstellung war geil.

Scheiße, ich bin kurz vor dem Höhepunkt.

»Ich bin gleich bei dir«, rief ich Robert zu. »Ich komme gleich ...«

Hoffentlich. Ich drehte mich auf den Rücken und spreizte die Beine. Ich steckte mir zwei Finger in die Muschi, fickte mich selbst und bearbeitete mit der Rechten meine Klit. Robert hatte ich ausgeblendet, ich wollte jetzt völlig unprofessionell einen Orgasmus. Meine Finger flutschten nur so rein und raus und meine Klit schickte anschwellende Wellen der Erregung durch meinen Körper. Ich merkte, wie ich auf den Höhepunkt zusteuerte. Was mir jetzt noch fehlte ...

»Robert, bitte ... kannst du meine Brüste küssen?« Bei anderen Kunden hätte ich das nicht gefragt, bei Robert schon. Und ich wusste, wieso. Er kniete sich neben mich, küsste abwechselnd meine Möpse und als er mit der Zunge um meine Nippel spielte, war das zu viel. Ein paar schnelle Fingerstöße und dann hatte mich der Orgasmus.

»Ja! Ja! Jaaaa!«, rief ich. »Ich komme. Danke, danke, danke.« Ich spürte den Wellen der Freude nach.

Aber ich war nicht hier, um mich auszuruhen, hinlegen konnte ich mich auch zu Hause. Deswegen zog ich mich hoch und setzte mich neben Robert. Zeit für Resümee und weitere Planung.

»Zweimal haben wir noch, oder?«, fragte Robert. Das

stimmte, er hatte fünf Termine gebucht. Er wollte direkt wissen, ob ich schon etwas für die nächste Stunde geplant hatte, was nicht der Fall war. Ich habe zwar meistens eine grobe Vorstellung im Kopf, aber ich lasse die Kunden gerne mitentscheiden. Vor allem Kunden wie Robert, die wissen, was sie wollen.

»Ich könnte auf dir reiten, mit allen Variationen. Oder wir probieren mal verschiedenes Spielzeug aus. Wenn du möchtest, könnten wir auch das Thema von heute, hm, vertiefen. Sprich: Analsex?«

»Nee, reiten wär schon cool, das nehmen wir für nächste Woche.«

Ich stand auf, um im Wohnzimmer meine Kleidung einzusammeln. Da fiel mir etwas ein.

»Hast du schon unseren Feedback-Bogen?«

Robert schüttelte den Kopf. »Nein. Ist das die moderne Variante der Frage: Und, wie war ich im Bett?«

Ich lachte und erklärte ihm, dass das der neueste heiße Scheiß bei uns war. Therese war bei einer Fortbildung gewesen und kam zurück mit der Vorstellung, wir bräuchten ein richtiges Qualitätsmanagement und ein strukturiertes Kundenfeedback. Vermutlich nicht lange. Sie hatte schon oft genug neue Ideen entwickelt, die dann ein paar Wochen später sang- und klanglos wieder in der Versenkung verschwanden. Bis dahin machten wir gute Miene und gaben den Kunden das eigens entwickelte Formular.

Während Robert sich die Fragen anschaute, hob ich meine Sachen auf und fragte:

»Sag mal, kann ich mich noch duschen, bevor ich abhaue?«

»Klar, kein Problem.« Robert ließ den Fragebogen sinken und folgte mir ins Bad.

»Du, ich weiß, wo das ist. Und ich bin schon groß, ich kann eine Dusche alleine bedienen.«

»Ich weiß«, sagte Robert und sah mich mit einem schelmischen Grinsen an. »Aber ich dachte, ich könnte dir zusehen. Und vielleicht ... schaffen wir ja noch einmal unter der Dusche, bevor du losmusst ...«

Matteo und Marlene

Nicht alle Kundinnen sind so selbstbewusst wie Jacqueline, die war die absolute Ausnahme. Normalerweise sind die Mädchen schüchtern und zurückhaltend. Das ist völlig in Ordnung und hat nichts mit irgendwelchen Geschlechterklischees zu tun. Ich glaube, die Jungs sind genauso, aber dazu können Steffi oder Julia mehr erzählen.

Ich mag dieses Vorsichtige. Ist vielleicht so eine Männlichkeitssache, aber wenn ich der starke Part bin und ihr das Gefühl geben kann, mir zu vertrauen, dann fühlt es sich großartig an. Wenn ich noch dieses dankbare Leuchten in den Augen meiner Kundinnen sehe – dann sind das diese Momente, in denen ich in meiner Arbeit vollkommen aufgehe.

Marlene war so ein süßes Mädchen, deren Eltern nur das Beste für sie wollten. Mit Nachhilfestunde, Instrumentalunterricht und jetzt – betreuter Entjungferung. Dabei war sie nicht einmal ein Einzelkind, sie hatte eine jüngere Schwester, Thea, mit der sie über alles sprach. Lustigerweise auch über mich, woraufhin Thea mich unbedingt ebenfalls buchen wollte. Aber sie war minderjährig und damit eindeutig zu jung. Basta.

Als ich bei Marlene klingelte, wusste ich fast alles: ihr Alter, ihre Hobbys, ihre Lieblingsmusik. Nicht weil wir der NSA Konkurrenz machen wollen, wir fragen bei den Vorgesprächen danach. Wir können uns dann die Einsätze viel besser vorbereiten. Je mehr ich über die Kundin weiß, desto individueller kann ich auf sie eingehen und desto entspannter die Sitzung. Nicht alle Auftraggeber geben uns ausführliche Infos, manche sind zurückhaltend, was ich vollkommen in Ordnung finde, von wegen Datenschutz und so. Nicht so bei Marlene. Von ihr hatte ich im Vorfeld eine ganze Reihe Fotos gesehen, deswegen war ich nicht überrascht, als sie mir die Tür öffnete. Mittelgroß, schulterlange dunkelblonde Haare mit leichten Wellen. Marlene hatte große braune Augen und eine Nase, die sich nicht zwischen aristokratisch-spitz und niedlich-rund entscheiden konnte. Ihr Gesicht strahlte Neugier und Verlegenheit aus, als sie mich begrüßte.

»Hi«, sagte sie.

»Ciao Bella, du musst Marlene sein. Ich bin Matteo, von First Amour. Schön, dich zu sehen.«

Sie wusste nicht so recht, ob sie mir die Hand geben oder mich zur Begrüßung umarmen sollte. Schließlich entschied sie sich dafür, mich einfach hereinzubitten. Ich zog meine Schuhe aus und stellte meine Tasche ab.

Marlene spielte gedankenverloren mit ihren Haaren. Dann sah sie mich unsicher an.

»Und wie ist das jetzt, gehen wir direkt in mein Zimmer und fangen an?«, fragte sie.

»Das wäre ein guter Anfang, denke ich.«

Sie führte mich durch die Wohnung, die in jeder Ecke nach urbanem Bildungsbürgertum aussah. Kunstdrucke – echte, nicht von Ikea –, eine Mischung aus Designermöbeln und Flohmarkt, viele Bücherregale.

»Und das hier ist mein Zimmer«, sagte Marlene. Aus ihrer Stimme klangen Stolz und Unsicherheit, als ob sie hoffte, dass mir ihr Zimmer gefallen würde. Als Erstes fielen mir die Bücherregale auf, die eine Wand vollkommen ausfüllten. Ich wusste ja, dass sie viel las, aber das war beeindruckend. Ich fuhr mit dem Finger über die Buchrückseiten. Die meisten Titel sagten mir nichts, viele klangen nach Abenteuer oder Fantasy. Harry Potter kannte ich zumindest. Ich bin ja nicht so der Leser, ich schaue lieber Netflix oder Prime. Deswegen sagten mir die paar DVDs alle etwas, die zwischen den Büchern standen, die Herr der Ringe-Filme, Indiana Jones oder die Sammleraugabe der Sissi-Filme.

Wie sich herausstellte, las Marlene gerne Fantasy, was schon mal einen super Anknüpfungspunkt war. Wir sprachen über Romane und Serien und Liebe und ich war ehrlich beeindruckt davon, wie reif und reflektiert Marlene war. Nach einer kurzen Pause, als das Gespräch ins Stocken kam, sah sie mich an.

»Kann ich dich direkt mal ein paar Sachen fragen?«

»Naturalmente, alles.«

»Ich habe mir überlegt ... ich habe mich die ganzen letzten Tage auf das hier gefreut, auf dich und so. Aber ich bin gehörig nervös? Klingt das logisch?«

»Si, da bist du nicht die einzige, der das so geht. Das ist ganz normal.«

Sie dachte darüber nach und nickte. »Gut, zu dem Ergebnis war ich auch schon gekommen, dann passt das. Und wie geht das jetzt? Ziehen wir uns aus? Oder wie machen wir das sonst, wenn wir ... wenn du ...«

»Ausziehen wäre auf jeden Fall eine gute Idee«, sagte ich und hielt sie an den Händen. »Wenn du möchtest, fange ich an. Möchtest du mich ausziehen oder soll ich das selbst machen?«

Marlene trat einen Schritt zurück, ohne meine Hände loszulassen, und sah mich prüfend von oben bis unten an, das erste Mal, seit sie mich hereingebeten hatte. Ich glaube, ihr gefiel, was sie sah. He, kein Eigenlob, nur eine Beobachtung.

»Mach du mal. Und ich ... sehe zu?«

»Chiaro, klar ...« Ich ließ sie los und fing an, mich auszuziehen. Auch wenn Sie das vielleicht denken, wir tragen keine Stripper-Kleidung, deshalb wirkt es immer unbeholfen, wenn ich mich vor Kundinnen ausziehe. Aber in der Zeit bei First Amour habe ich mir eine Technik zugelegt, mit der ich nicht vollkommen lächerlich aussehe. Socken, Hoodie und Jeans waren zuerst dran. Marlene saß zurückgelehnt auf ihrem Bett und musterte mich neugierig-verlegen. Ihre Augen huschten immer wieder zu meinem Slip und zu dem, was da drin war. An der Stelle muss ich ein Geständnis machen – es bedient zwar das Klischee, aber ich stehe auf knappe Slips mit Animal Print und kräftigen Farben. Ein Mann kann doch zeigen, was er hat, oder?

Dann war mein Shirt dran. Die beiden Kettenanhänger klimperten, das Kreuz und das Bild des Heiligen Matthäus. Marlenes Blick blieb an den Tattoos auf meinem Arm hängen, Maria und ein paar christliche Symbole. Manche fanden das kitschig, aber ich mochte das Motiv und es bedeutete mir viel.

Ich wartete, damit Marlene mich bewundern konnte, dann zog ich meinen Slip aus und wir standen nackt vor ihr – ich und mein Schwanz, der wie immer zuverlässig steif wurde.

»Oh, wow. Ich ... ich habe noch nie einen Jungen nackt gesehen«, sagte sie und schaute so fasziniert auf meinen Penis, dass ich unwillkürlich fragte: »Möchtest du ihn mal anfassen?«

Marlenes Wangen wurden rot. »Darf ich denn?«

Ich nickte, nahm ihre Hand und legte sie auf mein bestes Stück.

»Du kannst ihn ja mal streicheln und schauen, wie er sich anfühlt.«

Sie sah mich an, als wollte sie fragen: wirklich? Aber sie ließ ihre Hand, wo sie war und fing an, meinen Schwanz zu betasten. Sie streichelte sachte auf und ab, dann legte sie meinen Schwanz in eine Hand und streichelte mit der anderen darüber. Meinem Großen gefiel das und er richtete sich im Nu auf.

»Oh, ich dachte nicht, dass das so schnell geht«, sagte Marlene.

»Du bist ja auch lieb zu ihm«, sagte ich. »Jungs mögen es auch, wenn du ihn mit einer Hand ganz umfasst. Ja, genau so. Und dann vor und zurück.« Sie versuchte es vorsichtig, als ob sie Angst hatte, zu festzudrücken. Nach wenigen Bewegungen war mein Penis hart und zur vollen Größe angewachsen. Das gab Marlene genug Selbstvertrauen, fester zuzupacken und mich schneller zu wichsen. Sie schien Gefallen daran zu finden. Ich weiß nicht, ob es ihr nicht mehr peinlich war oder ob sie einfach zu fasziniert war. Jedenfalls spielte sie jetzt mit meinem Penis, wechselte das Tempo und variierte den Griff.

»Das macht Spaß«, sagte sie. »Er reagiert so auf mich. Wie ein kleines Spielzeug.« Sie lächelte mich schief an und nahm die zweite Hand dazu.

»Du kannst noch was anderes probieren. Nimm mal mit einer Hand meine Hoden zum Streicheln und Drücken. Oh, ja, genau so.« Sie drückte sachte auf meinen Eiern herum und rieb gleichzeitig meinen Schwanz. Meine Erregung nahm zu und für ein paar Augenblicke genoss ich das geile Gefühl, von diesem süßen Mädchen gewichst zu werden. Aber lange konnte ich mir das nicht leisten, dazu war sie zu talentiert.

»Du machst das wunderbar«, sagte ich. »So wunderbar, dass ich gleich komme. Du hörst besser auf.«

»Oh, okay, sorry.« Marlene klang enttäuscht, aber sie nahm sofort erschrocken ihre Hände weg und schaute mich erwartungsvoll an. »Du hast wirklich gleich einen Orgasmus?«

»Ja, auf jeden Fall, du hast mich schnell auf Touren gebracht. Dir gefällt das, mit meinem Schwanz zu spielen, oder?«

»Ja, schon. Was ich mag, ist das Gefühl, mit dir spielen zu können und das Heft in der Hand zu halten.« Sie stockte und grinse zaghaft. »Sorry, sollte kein Wortspiel werden.«

»Si, certo. Damit hast du die Jungs buchstäblich in der Hand und du kannst sie bis zum Wahnsinn treiben. Einfach bis kurz vor den Höhepunkt, dann machst du eine Pause und das ganze ein paar Mal hintereinander. Glaub mir, da wird jeder Mann verrückt und frisst dir aus der Hand. Und dann stell dir vor, was du erst mit deinem Mund und deiner Zunge anstellen kannst.«

Marlene schaute kurz nach unten und nickte dann. Sie wurde rot, aber ich konnte ein Lächeln sehen. Ich stemmte die Hände in die Hüften und sah sie an.

»Wie sieht es aus, möchtest du dich ausziehen? Ich bin ja schon nackt.«

»Ich ... ja, das ist dann wohl so. Aber ich war noch nie nackt vor einem Jungen. Nur früher, als ich klein war, da waren wir im Sommer immer auf FKK-Campingplätzen in Frankreich, aber da war ich gerade erst in die Schule gekommen.«

»Und seitdem hat dich niemand mehr nackt gesehen?«

»Meine Schwester und die Mädels beim Schwimmen. Meine Frauenärztin. Aber sonst niemand und erst recht keine Jungs.«

»Wenn du möchtest, schaue ich auch nicht hin, während du dich auszieht. Wär' das okay?«

Marlene trat von einem Fuß auf den anderen und überlegte. »Ja, bitte. Ich weiß, das ist albern.«

»Nein, gar nicht«, widersprach ich. »Beim Sex gibt es nichts, was man muss, sondern nur das, was einem gefällt. Es ist völlig in Ordnung, wenn du dich auszieht, ohne dass ich gucke. Siehst du, ich drehe mich um und mache meine Augen zu.«

Ich wartete geduldig, während ich hinter mir hörte, wie Marlene ihre Kleider ablegte. Nach ein paar Minuten rief sie »fertig« und ich durfte mich umdrehen. Was ich sah, gefiel mir außerordentlich. Sie wusste nicht so recht, wohin mit ihren Armen, hielt sie instinktiv vor ihren Schritt oder die Brüste, aber dann schien ihr das albern vorzukommen und sie ließ sie einfach hängen und sah mich mit unsicheren Blicken an. Das war mein Zeichen, ihr Komplimente zu machen.

»Wow, bellissima, du siehst so sexy aus. So sinnlich.«

Ehrlich, das war nicht gelogen und nicht einmal übertrieben. Marlene war schlank und sportlich, ohne viele Rundungen. Ihre Brüste waren klein, aber rund und fest, Hüfte und Becken schmal. Sie wirkte fit, ohne athletisch zu sein. Nur ein kleines Bäuchlein hatte sie, aber das war niedlich. Sie war kein Photoshop-Model, aber der Typ sexy Mädchen von nebenan.

»Danke«, sagte sie. »Und jetzt schlafen wir jetzt miteinander?«

Eine so direkte Frage hatte ich nicht erwartet. Ich grinste und zuckte mit den Schultern.

»Möchtest du denn?«, fragte ich.

Marlene nickte. »Ja, gerne, auch wenn ich Angst habe. Na ja, nicht richtig Angst, ich bin einfach nervös. Ich möchte nicht, dass es wehtut. Aber ich will mit dir schlafen. Definitiv.«

Statt einer Antwort nahm ich sie in die Arme und streichelte über ihren Rücken und den Po. Mein Schwanz glitt zwischen ihre Beine und sie zuckte irritiert.

»Schh«, machte ich und küsste sie. »Es ist alles gut, es wird wunderschön, das verspreche ich dir. Wenn du dich aufs Bett legst, verwöhne ich dich.« Gesagt, getan, kaum hatte sich Marlene hingelegt, ließ ich meine Finger spielen. Sie hatte niedliche dünne Zehen, die ich wunderbar reiben konnte, bevor ich langsam ihre Schenkel empor wanderte. Am Knie betastete ich eine kleine Narbe und bewegte mich dann weiter über ihre Oberschenkel bis zu ihrem Hügelchen hinauf. Ich berührte ihre Muschi nicht direkt, sondern ließ mir Zeit, ich streichelte sie und bog jedes Mal kurz vor ihrer süßen Spalte ab, bis Marlene eindeutige Geräusche von sich gab.

Ihre Kleine war präzise rasiert, ein hübsches Dreieck. Die Schamlippen waren voll und standen eng zusammen.

Ich begann, sie zu streicheln und zu drücken und sachte mit ihrer Klit zu spielen, fast scherzhaft. Marlene atmete laut, als ich ihre Knospe das erste Mal berührte. »Das ist schön«, hauchte sie und sah mir fasziniert zu. Fand ich auch, als ich meinen Finger in ihre Muschi steckte. Oh ja, Marlene war erregt und bereit, mich aufzunehmen. Dann wollte ich sie nicht länger warten lassen.

»Bereit?«, fragte ich und sie nickte.

»Ja, bitte, ich bin ganz aufgeregt.«

Ich zog mir ein Kondom über und spielte mit meiner Schwanzspitze an ihrem Muschieingang herum.

»Es kann gleich ein bisschen wehtun, aber das ist schnell vorbei und danach wird es nur noch schön.«

»Ich weiß«, sagte sie und lächelte. Ich führte meinen Schwanz langsam in ihre Muschi und drang in die ein. Es gab nur einen winzig kleinen Widerstand, den Marlene nicht einmal zu bemerken schien und ich konnte meinen Penis komplett hineinstecken. Sie fühlte sich eng an, gut trainiert und feucht.

»Oh!«, sagte Marlene und atmete tief ein. »Das fühlt sich so tief an. So – ich weiß nicht, das ist wundervoll. Mach weiter.«

Aber gerne, dachte ich, warte mal ab, bis ich dich richtig vögel. Worauf sie nicht lange warten musste. Ich nahm Marlene mit langsamen, vorsichtigen Stößen. Sie sah mich dankbar und erregt an und stöhnte leise. Dabei kaute sie an ihrer Unterlippe, was unglaublich süß aussah.

»Wie fühlt sich das an, wenn ich dich ficke?«

»Wunderschön. Ich bin so froh, das ist so – geil?«

Ja, das war es und es ging noch geiler. Ich zeigte ihr, wie Jungs den Sex für Mädels noch mal so schön machen können – Brüste streicheln, vorsichtig mit den Nippeln spielen und sie küssen oder ihre Muschi kraulen. Als ich mit dem Finger ihre Klit rieb, stöhnte Marlene auf und hob mir ihre Hüfte entgegen. Sie sah mich an, als ob sie etwas sagen wollte, lachte aber nur und stöhnte wohlig. Also machte ich so weiter.

»Wenn du wissen willst, womit du die Jungs stärker stimulieren kannst, dann versuch mal, die Muskeln in deiner Scheide zusammenzuziehen, so als ob du mich massieren möchtest.«

»So?«

Ja, genau so, dachte ich. Marlene zog sich um mich zusammen und drückte meinen Schwanz, dem das mehr als gefiel. Ich musste den Impuls unterdrücken, schnell und kräftig zu ficken. Besser, ich hielt an mich und vögelte sie langsam weiter.

»Du bist echt ein Naturtalent. Das kannst du ja noch nicht geübt haben.« Ich machte kurz Pause. Marlene sah mich enttäuscht an, wie um mir zu sagen: mach weiter. »Nein, ich habe nur bei Dr. Sommer gelesen.« Dann gab sie ein leises Quieken von sich.

Schüchtern, aber belesen, verstehe. Apropos Dr. Sommer ... »Dann weißt du ja, dass es jede Menge Stellungen beim Sex gibt. Wollen wir ein paar ausprobieren?« Ich begann mich wieder zu bewegen.

»Ich weiß nicht, oh, das ist schön so. Aber ja, ja, lass uns noch mehr machen.«

Dann weiter zu Lektion zwei, die stöhnende Auster. Ich hob Marlenes Knie vorsichtig an und schob sie zusammen, sodass sie wie ein Käfer auf dem Rück lag. Ihre Muschi leuchtete hell zwischen ihren Schenkeln, so feucht und einladend, dass ich am liebsten sofort losgefickt hätte.

»Geht das so?«, fragte ich, schließlich musste sie sich gehörig zusammenfalten. »Das ist schon die höhere Kunst, aber wenn das jemand beim ersten Mal kann, dann du.« Das schmeichelte ihr hoffentlich genug, und es war nicht einmal übertrieben.

»Ja, geht. Und jetzt?«

Ich spielte mit meiner Schwanzspitze an ihrer Muschi herum und kitzelte sie von oben bis unten so, dass Marlene anfing, mit dem Hintern zu wackeln.

»Und jetzt ...«, sagte ich, als ich vorsichtig in sie eindrang, »jetzt vögeln wir weiter.« Ich ließ meinen Penis langsam in ihre Muschi gleiten, immer tiefer, bis es nicht mehr weiterging. Ganz vorsichtig, um Marlene auch ja nicht weh zu tun.

»Oh Gott bist du tief, ich wusste nicht, dass ein Penis so weit in mich ...«, stöhnte sie.

Ich schob meine Hüfte ein Stückchen nach vorn, mein Schwanz rutschte weiter hinein und Marlene keuchte. Ich zog mich langsam zurück und fing an, sie gemächlich und tief zu vögeln. Mein Schwanz verschwand bis zum Anschlag in ihrer Spalte und fuhr fast völlig wieder hinaus.

Die Frage, ob es Marlene gefiel, erübrigte sich. Sie war so feucht, ihre Wangen waren knallrot und sie keuchte leise vor sich hin.

Austernficken, dachte ich und lächelte innerlich.

»Das ist tief und intensiv, oder? Ich halte das für eine der geilsten Stellungen überhaupt, weil ich so tief in dich eindringen kann. Der Junge muss aber aufpassen, dass er nicht zu wild wird und dir wehtut. Du hast keine Schmerzen, oder?«

»Nein, es ist einfach nur intensiv. Wahnsinn. Mach weiter.«

»Dann genießen wir das jetzt mal. Bene?«

Marlene nickte. Sie umklammerte ihre Knie und zog sie noch etwas mehr zu sich heran. Das finde ich so cool an Mädchen, ich meine, wie gelenkig sie sind, ich könnte das definitiv nicht.

Marlene beantwortete jeden meiner langsamen Stöße mit einem kleinen Keuchen. Sie hatte die Augen geschlossen und kaute vor Erregung auf ihrer Unterlippe herum. Wir stöhnten und keuchten, während ich sie gleichmäßig fickte. Meine Erregung wuchs genau wie Marlenes, wir wurden beide immer lauter und steuerten auf das Finale zu. Zeit für extra Action. Meine Finger fanden Marlenes Kitzler und ihr Poloch.

»Oh!«, quiekte Marlene überrascht. »Was machst du? Wow, ja! Ja!« Ein paar Stöße, ihr Kopf schlug nach rechts und links, sie war hochrot im Gesicht und ich hatte Angst, dass sie sich ihre Lippe durchbiss. Dazu kam es nicht mehr, ihr Körper zuckte und schüttelte sich und dann löste sich ihre Anspannung in einem erleichterten Lachen, das nicht enden zu wollen schien. Schließlich sah sie mich mit feuchten Augen an und strahlte.

»Wow! Mein erster Orgasmus. Mit einem Jungen.«

Ich war kurz davor zu kommen, aber hielt lieber still und zog meinen Schwanz heraus. Ich war nicht sicher, ob ich heute mehrmals konnte, daher besser kein Risiko eingehen.

»Und du?«, fragte Marlene mit irritiertem Blick.

»Ich komme lieber noch nicht, vielleicht brauchen wir meinen Schwanz noch.«

»Ich möchte aber spüren, wie sich das anfühlt, wenn du kommst. Merkt man das eigentlich, wenn der Junge kommt oder nicht?«

»Das kann ich dir schlecht sagen, aber wir probieren das definitiv aus. Jetzt muss ich mich erst mal strecken. Ah!« Ich stand auf und lief im Zimmer auf und ab. »Wenn ich beim Vögeln zu lange hocke, dann tun mir immer die Knie weh. Bescheuert, oder? Ich bin Mitte 20 und fühl mich nach dem Sex wie ein Rentner.«

»Aber wenn das heißt, du hast im Alter genauso viel Sex wie jetzt ...«

»Si, das wäre cool«, sagte ich und lachte. Am mangelnden Willen sollte es jedenfalls nicht scheitern. Wenn es nach mir ginge, werde ich auch in 50, 60 Jahren fleißig vögeln. Mein Schwanz beschwerte sich zwar, dass er gerne jetzt schon weiter gevögelt hätte und bitte schön auch bis zum Ende. Er war da echt penetrant. Ich versuchte, mich mit Recken und Strecken abzulenken. Oha, war das ein Knacken? Notiz an mich selbst, mehr Sport wäre nicht schlecht, nicht nur Bettgymnastik.

Dann wollte ich wissen, wie das erste Mal für Marlene gewesen war.

»Ganz ehrlich?«, fragte sie und ich nickte. »Ich fand's toll. Wenn du mich vorher gefragt hättest, dann hätte ich wahrscheinlich etwas Anderes gesagt. Die Vorstellung, so meine Jungfräulichkeit zu verlieren, war echt seltsam. Man stellt sich doch vor, das erste Mal mit dem eigenen Freund zu erleben, gemeinsam zu entdecken, wie sich das anfühlt und was man alles machen kann.«

Aber jetzt war sie froh, dass ich sie entjungfert hatte, weil sie das Gefühl mochte, sich jemandem anvertrauen zu können, der Erfahrung hatte und auf sie einging. Sie hatte die Sicherheit, dass ihr nichts passierte und dass ihr erstes Mal auf jeden Fall schön wurde. Wir hätten sie als Testimonial aufzeichnen sollen, denn wir warben genau mit den Worten.

»Ich bin ziemlich verschwitzt«, sagte Marlene. »Ich habe übrigens gelesen, dass man gar nicht so viele Kalorien verbraucht. Weniger als beim Joggen. Schade eigentlich.«

»Davvero? Das wusste ich nicht.«

»Ja, nur die Hälfte, glaube ich. Wäre doch super, man würde beim Sex gleich noch abnehmen.«

»Als ob du das nötig hättest, du siehst doch toll aus.«

»Naja«, sagte Marlene. »Ich habe schon einen kleinen

Bauch.« Sie streichelte über ihr kleines Bäuchlein, das eher niedlich als störend war. Ich küsste sie auf den Bauch und sagte ihr, dass sie sich keine Gedanken über ihr Aussehen machen solle und ich jeden Quadratzentimeter an ihr mochte und gar nicht erwarten konnte, wieder intim zu werden.

»Aber wir machen erst mal eine Pause.«

Marlene nickte. Es folgte mein übliches Pausenprogramm. Si, ich habe ein paar Standards dazu, was ich zwischen dem Sex bei meinen Kundinnen mache. Im Wesentlichen schauen, dass man warm bleibt, trinken, essen und reden, über die Kundin, über mich, über Liebe, Sex und was damit zu tun hat. Manchmal erkläre ich etwas, aber das war bei Marlene unnötig oder eher unpassend, so gebildet wie sie war. Gleichzeitig war sie immer noch schüchtern, da half es, über Vertrautes zu sprechen.

»Allora«, sagte ich nach einer Weile, »wollen wir noch was ausprobieren? Magst du eine zweite Runde?«

»Zweite Runde?«, fragte Marlene.

»Vögeln.«

Marlene strich sich die Haare hinter die Ohren, erst links, dann rechts, bevor sie mir antwortete. »Ich finde es immer noch schwierig, darüber zu reden und vor allem so. Wir haben jetzt ... miteinander geschlafen, aber deswegen kann ich nicht einfach so darüber sprechen.« Sie stockte. Ich wartete ab und streichelte sie weiter, ich wollte sie nicht hetzen. Schließlich nickte sie und meinte, ja, sie würde gerne noch einmal mit mir vögeln. Am liebsten oben, während sie auf mir saß. Keine schlechte Idee, dann konnte ich mich mal ausstrecken. Meine Knie ... Meinen Versuch, ihr mehr über die Reiterstellung zu erzählen, winkte sie direkt ab, auch dazu hatte sie sich in den einschlägigen Büchern ausreichend informiert. Irgendwie bekam immer ich die Mädels ab, die sich lange vorbereitet hatten.

»Schau mal, mein Schwanz hat sich inzwischen beruhigt, den müssen wir wieder steif bekommen. Willst du mich blasen, bis er wieder hart ist?«

Das Gesicht, das Marlene jetzt machte, hatte ich schon oft gesehen, es gab genug Kundinnen, die Blasen für ekelhaft hielten.

»Magst du nicht?« Sie schüttelte den Kopf. »Musst du auch nicht, wenn du nicht willst. Aber es ist nichts Schlimmes an einem Blowjob, besonders wenn der Junge ein Kondom benutzt. Dann lutschst du nicht einmal direkt meinen Schwanz, sondern nur das Gummi.«

»Ich weiß, trotzdem, einen Penis in den Mund zu nehmen ... ich finde die Vorstellung eklig. Lass uns lieber wieder vögeln.« Dabei war sie in der Zwischenzeit nicht untätig gewesen. Während wir sprachen, hatte sie meinen Schwanz gestreichelt und schrubbte ihn jetzt mit gleichmäßigen Bewegungen. Keine Frage, das konnte sie und mein Großer stand wieder wie eine Eins. Ich legte mich schnell aufs Bett und hielt Marlene ein Kondom hin. Sie schaute kurz, dann riss sie es vorsichtig auf und rollte es mit einer Sicherheit über meinen Schwanz, die ich definitiv nicht erwartet hatte.

»Wenn ich es nicht besser wüsste, würde ich sagen, das machst du nicht zum ersten Mal, im Gegenteil.«

»Stimmt. Wir mussten im Sexualunterricht in der Schule üben, wie man ein Kondom anzieht.«

»Alle, auch die Mädchen?«

Marlene streichelte meinen Schwanz und nickte. »Ganz besonders wir Mädchen. Die Lehrerin meinte, die Jungs könnten das ja zu Hause üben, aber wir nicht. Deshalb mussten wir das mehrmals machen. Sie hatte dafür extra ein Penismodell dabei. Du kannst dir vorstellen, was in der Stunde los war.«

Ich hatte so eine Ahnung, ich konnte mich an meine Schulzeit erinnern, als wir in Bio Sexualkunde hatten. Wir waren sicher auch nicht besser gewesen.

»Und das peinlichste war, wir sollten die Kondome selbst kaufen und mitbringen. Ich glaube, ich habe mich beim Einkaufen nie so geschämt. Ich wäre am liebsten im Boden versunken.« Bei dem Gedanken daran wurde sie wieder rot. Sie schüttelte den Kopf und sah mich an. »Wollen wir jetzt? Ich würde gerne auf dir reiten.«

»Bist du denn feucht genug?«, fragte ich und Marlene wurde noch röter. Aber sie fasste sich prüfend zwischen die Beine und nickte. Ohne eine Ansage abzuwarten, schwang sie ein Bein über mich und hockte sich über mich.

»So?«, fragte sie, aber gab sich dann selbst die Antwort, indem sie sich langsam auf meinem Schwanz niederließ. Mein Großer jubelte, als er fest und sicher in Marlenes Muschi steckte.

»Ui«, sagte sie, »das fühlt sich …«

»Anders an? Oder besser?«

»Ja … Es fühlt sich genauso intensiv an, aber auch irgendwie anders. Schön.« Sie machte eine kurze Pause, während der mein Schwanz darauf wartete, dass sie sich endlich bewegte. Dann sagte sie: »Ich glaube, Reiten gefällt mir. Vor allem, dass ich oben bin. Du kannst mal nicht das Tempo bestimmen, jetzt habe ich das Sagen.«

Sagte es und fing an, mich zu ficken. Sie bewegte die Hüfte vor und zurück und ließ sich lustvoll von mir massieren. »Es gibt ja mehrere Möglichkeiten, zu reiten«, sagte sie, ohne dass sie mit den Bewegungen aufhörte.

»Hast du das bei Dr. Sommer gelernt?«, fragte ich lachend.

Sie grinste zurück. »Ich glaube. Oder in Better Sex oder … ich weiß nicht, jedenfalls habe ich gelesen, dass ich entweder meine Hüften so bewegen kann oder ich reite richtig, ich meine, ich bewege mich auf und ab. Und ich möchte mich unbedingt noch andersrum auf dich setzen.«

»Jetzt willst du es aber wissen, was? Hoffentlich halte ich so lange durch.«

Um es vorwegzunehmen, ich hielt durch. Aber gerade so. Marlene fickte mich erst mit kreisenden, kippenden Bewegungen, dann erklärte ich ihr, wie sie sich hinhocken konnte und sie ritt los. Und wie sie ritt, sie bewegte sich geschmeidig auf meinem Schwanz auf und ab, ihre Muschi war wunderbar eng und massierte mich. Marlene strahlte und lachte mich an. Ihr gefiel es und sie hoppelte schnell auf und ab.

»Oh wow, das ist toll …«, stöhnte sie und wollte gar nicht mehr aufhören. Ich musste sie regelrecht stoppen, damit sie noch rückwärts auf mir reiten konnte.

»Sonst komme ich gleich schon – du bist einfach das perfekte Cowgirl.« Das wollte sie auch nicht, im Gegenteil, sie wollte das Vögeln noch länger genießen. Marlene war vielleicht schüchtern, wenn es darum ging, über Sex zu sprechen – aber für den Sex selbst galt das nicht.

Gut, dass Marlene so gelenkig war, denn es wurde akrobatisch, als sie versuchte, sich rücklings auf mich zu setzen, ohne meinen Schwanz aus der Muschi zu nehmen. Es hätte fast funktioniert, aber dann rutschte er doch raus. Marlene beeilte sich und steckte ihn sich schnell wieder hinein und fing an, sie zu bewegen.

»Oh, ja, das fühlt sich anders an. Ah, wow!«

Ich konnte derweil ihren süßen, festen Po bewundern und kneten. Was für ein toller Anblick. Das einzige, was ich so nicht konnte, war Marlene während des Fickens zu fingern und das sagte ich ihr. Sie verstand den Hinweis und gleich darauf spürte ich, wie sie selbst Hand anlegte. So routiniert, wie sie sich streichelte, musste sie ziemlich häufig masturbieren.

Ich riss mich die ganze Zeit zusammen, um nicht einfach zu spritzen. Denn, he, mein Großer war im Dauereinsatz, ohne sich entladen zu dürfen.

»Wollen wir zusammen kommen?«, fragte ich. Marlene

stöhnte und sagte, ja, bitte. Sie war inzwischen kurz vor dem Höhepunkt.

»Sag mir Bescheid, wenn du kommst, ja?«

Marlene stöhnte zustimmend. Sie war jetzt im wilden Galopp und ihre Finger flogen über ihre Kleine. Lange konnte sie das doch nicht mehr aushalten, dachte ich noch, da rief sie: »Ich bin gleich soweit. Ja, gleich ... jetzt.«

Ich ließ meinen Großen von der Leine und tat ein paar kräftige Stöße mit meiner Hüfte. Ich spritzte, gerade als Marlene vor Lust aufschrie und kam. Ja, ich weiß, was Sie jetzt denken, was für ein billiges Klischee, am Ende kommen beide gleichzeitig. Wissen Sie eigentlich, wie viel Arbeit das ist? Wie sehr man sich dafür zusammenreißen muss? Wie oft ich an irgendetwas Ekliges denke, nur um ja nicht zu früh zu kommen? Es gehört zum Job, möglichst gleichzeitig mit den Kundinnen zu kommen. Wir wollen sie doch glücklich machen und was gibt es Schöneres als einen gemeinsamen Höhepunkt? Eben.

Marlene hatte ich auf jeden Fall glücklich gemacht.

Als wir nach der zweiten Nummer nebeneinanderlagen und an die Decke sahen, sagte sie leise: »Danke.«

Dafür liebe ich diesen Job.

Bob und Andrew

Einer meiner coolsten Kunden war Andrew aus Iowa, dessen Eltern des Jobs wegen vor ein paar Jahren nach Berlin gezogen waren. Er passte so gar nicht in meine Vorstellung eines Amis aus dem Mittleren Westen. Kein Cowboyhut, kein Holzfällerhemd, keine verqueren Moralvorstellungen. Sonst wäre ich auch nicht bei ihm gewesen, oder? Das einzige, was dem Klischee entsprach, war seine zupackende Art.

Deswegen dauerte es auch nicht lange, bis er anfing, sich auszuziehen. Das hatte ich nicht erwartet, aber es passte zu seiner hands-on attitude, wie er sagen würde. Ich finde immer, wenn man nicht gerade ein Stripper mit jahrelanger Erfahrung und den richtigen Klamotten ist, hat es immer etwas Unbeholfenes, wenn man sich vor anderen auszieht. Nach einer gefühlten Minute stand Andrew nur in gestreiften Boxershorts vor mir, die schon eine verdächtige Beule machten. Er hielt sich nicht lange damit auf und wollte sie ausziehen, als ich ihn stoppte. »Lass mal, das mache ich gleich.« Ich schlüpfte aus meinen Sachen und kniete mich nackt vor Andrew.

»Ich find's halt total geil, wenn einer dem anderen die Wäsche auszieht.« Dabei zog ich Andrews Shorts langsam nach unten und sein Schwanz schnellte hoch. »Und ich bin wohl nicht alleine. Dein kleiner Freund sieht das ähnlich. Dein großer Freund, meine ich.«

Es kommt nicht auf die Größe an, sagt man ja. Trotzdem finde ich Größe nicht nur im übertragenen Sinn wichtig. Klar, ein zu großer Schwanz kann hinderlich sein, wenn er nicht in meinen Hintern passt oder wenn ich ihn lutschen will. Aber ich finde einen großen Penis halt geiler als einen kleinen. Vor allem, wenn er dick ist. So eine lange dünne Nudel muss nicht sein, aber so ein schöner dicker Schwanz hat was. Und Andrews Schwanz war schon ein echt schickes Exemplar.

Er wirkte noch einmal größer, weil Andrew höchstens ein paar Stoppeln an seinem Sack hatte. Ansonsten stand sein Schwanz nackt und stolz wie eine Statue da. Ich nahm ihn in die Hand und zog seine Vorhaut sachte hoch und runter. Andrew schüttelte sich und sein Schwanz zuckte unter der Berührung, aber ich machte einfach weiter. Ich rubbelte langsam und vorsichtig, schließlich wollte ich ihn ja nicht kommen lassen, sondern nur etwas stimulieren, damit sein Schwanz schön hart blieb.

»Hast du eigentlich einen Namen für deinen Penis?«
»Namen?«
»Willi, Fritz oder so. Ich kenne genug Jungs, die ihrem Schwanz einen Namen gegeben haben. Warum auch immer. Ich nenne meinen Herbie.«

»Wie das Auto?«

»Ja. Das ist eine lange Geschichte. Mein damaliger Freund stand total auf so alte Filme und wir haben jede Woche mindestens einen gemütlichen Filmabend gemacht und uns diese ganzen alten Sachen angesehen. Mantel-und-Degen-Filme, Sissi, Abenteuer und so. Unter anderem die Herbie-Filme.«

»Und dann hast du gedacht, dein Penis sieht aus wie ein VW?«

»Äh ... nein. Aber Michi, mein Freund, hatte die Angewohnheit, mir nach dem Essen beim Filme gucken einen runterzuholen. Nicht, dass ich etwas dagegen gehabt hätte, aber das war allein seine Idee. Jedenfalls saßen wir eines Abends gemütlich auf seinem Sofa und sahen einen der Herbie-Filme. Den mit der Rallye Monte Carlo, glaube ich. Ich aß Chips und Michi rubbelte mir einen und ich weiß nicht, ob es Zufall war oder Michi sich am Film orientiert hat, ich spritzte genau in dem Moment, als der Käfer durchs Ziel fuhr. Boah, du bist ja heute so schnell wie Herbie, meinte Michi. Und seitdem heißt mein Schwanz halt Herbie.«

»Okay, I see ...«, sagte Andrew gedehnt. Vermutlich hielt er mich jetzt für verrückt. Zeit für einen Themenwechsel.

»Machst du es dir oft selbst?«

Andrew antwortete nicht sofort, sondern wurde rot. Für einen Moment war ich überrascht, so offen, wie er bisher gewirkt hatte. Dann aber auch wieder nicht, alle meine Kunden wurden bei der Frage rot. Völlig natürlich, oder? Ich meine, wer redet schon locker flockig über Selbstbefriedigung? Hätte ich früher auch nicht.

Das hieß dann für mich, lasst Worten Taten folgen. Andrew war wohl eher praktisch begabt. Ich setzte mich auf sein Bett und klopfte neben mich auf die Bettdecke. Er setzte sich erst etwas weiter weg, blieb aber sitzen, als ich näher zu ihm rückte.

»Ich habe da eine Idee ...«, sagte ich und griff nach seinem Schwanz. Damit hatte Andrew wiederum kein Problem. Er stöhnte leise, aber dann fasste er mir ohne Zögern zwischen die Beine und streichelte sanft über meinen Penis. Seine Hand fühlte sich weich an, seine Finger waren grazil und fein wie sein ganzer Körper. Selbst sein kleiner Bauch wirkte elegant. Nur sein breites amerikanisches Englisch passte überhaupt nicht dazu.

»Weißt du, bei uns zu Hause gibt es so etwas nicht«, sagte Andrew und streichelte meinen Penis. »Ich meine, so etwas wie First Amour. Undenkbar.«

»Bist du sicher?«, fragte ich und streichelte zurück. »Ich meine, wie lange bist du schon hier? Wie alt warst du, als du nach Berlin gekommen bist? Vielleicht hast du damals nur nicht danach gefragt?«

Andrew fuhr mir beinahe zärtlich über meinen Penis. »Ich bin vor, hm, drei Jahren hierher? Ja, mit fünfzehn. Das hätte ich doch mitbekommen, oder?« Er machte eine Faust um meinen Schwanz und fing an, ihn zu reiben. Der ließ sich nicht lange bitten und streckte sich schnell zu ganzer Größe aus. Nicht, dass das viel gewesen wäre, groß war mein Schwanz weiß Gott nicht.

Nein, ich habe keine Komplexe, das ist reine Empirie. Immerhin bin ich bei First Amour für die schwulen Kunden zuständig, was auch heißt, dass ich schon eine ganze Reihe von Schwänzen gesehen habe. Lange, kurze, dicke, dünne. Und meiner war definitiv nicht einer der größeren. Nicht falsch verstehen, ich mag meinen Penis – und alles, was man damit machen kann – aber groß ist er nicht.

»Häufig kommen ja Eltern zu uns. Um uns für ihre Kinder zu buchen.«

Andrew schüttelte es, er ließ meinen Penis los und kniff die Augen zusammen.

»Oh! My! God! Was für ein Gedanke. Das würden meine Eltern nie machen. Die sind schon damit überfordert, dass ich nicht auf Girls stehe. No way!«

»Meinst du? Ich habe festgestellt, dass die meisten Eltern gar nicht so prüde sind, wie man denkt.«

»Oh no, meine schon. Die sind so richtig American. Bloß keine Sexualität, vor allem nicht darüber reden oder so. Als ob sie dann direkt, ich weiß nicht, in die Hölle kämen? Oder alle über sie reden ...«

Ich hatte unterdessen weiter Andrews Schwanz gestreichelt, damit der schön hart blieb.

»Aber du hast dich schon mit Sex beschäftigt, oder? Sonst wäre ich nicht hier«, stellte ich fest und fragte ihn, wie er denn begonnen hatte, sich selbst zu befriedigen. Falls er das überhaupt machte.

»Natürlich«, sagte er. Wie jeder anständige Junge, wobei anständig vielleicht nicht das richtige Wort war. Er hatte es nicht einfach gehabt, seine Sexualität zu entdecken. Seine Mutter vertrat den Standpunkt, man dürfe über Sexualität nicht sprechen und überhaupt sei das Thema nichts für einen Jungen, solange er bei seinen Eltern wohnte. Sie hatte ihn zweimal beim Onanieren erwischt und jedes Mal gab es großen Ärger. Außerdem – Andrew hatte lange keinen eigenen Computer und sein Handy war nicht vor den neugierigen Blicken der Eltern sicher. Da war es schwierig, an einschlägige Bilder und Filme zu kommen. In der Schule zeigten sich die anderen Jungs Fotos von nackten Mädchen und Pornoclips, aber er traute sich verständlicherweise nicht, zu fragen, ob sie vielleicht auch Gay Porn hatten. Was also machen? Ganz klar – mit dem Nachbarn sprechen. Würden Sie in der Situation doch auch machen, oder? Nein, Scherz beiseite, Andrew war natürlich nicht nach nebenan gegangen und hatte ... was auch immer. Seine Familie hatte zu den Nachbarn schon immer ein gutes Verhältnis gehabt und Andrew hatte viel Zeit dort verbracht und mit Carl an dessen Motorrad herumgeschraubt. Dabei hatten sie nicht nur die eine oder andere Dose Malzbier getrunken, sondern auch über Gott und die Welt gesprochen – und über Sex.

»Carl hat mir dann den Tipp gegeben, bei euch anzurufen. Man, das hat mich Überwindung gekostet.«

»Aber, hey, jetzt bin ich hier und wir können jede Menge coole Sachen machen. Hast du denn schon eine

Vorstellung davon, wie wir miteinander Sex haben? Was man so zusammen machen kann?«

»Sure, ich bin ja nicht naiv oder komme vom Dorf.«

»Tut mir leid, die Frage gehört nun mal zum Job. Mein Vorschlag ist, wir probieren kurz aus, was man mit den Händen alles machen kann und dann geht's mit Oralsex weiter.« Ich wartete ab, bis Andrew nickte und fuhr fort. »Ich glaube, jeder Junge versucht mal, an seinem eigenen Schwanz zu lutschen. Ich habe das definitiv immer wieder probiert, als ich so 15, 16 war. Ich dachte, das muss doch einfach gehen. Ging es natürlich nicht. Hast du das schon mal probiert?«

Andrew schüttelte den Kopf.

»Sicher nicht?«

Andrew zögerte kurz und nickte dann. »Yeah, okay, habe ich. Einmal.« Nichts anderes hatte ich erwartet, welcher Junge hat das nicht versucht. Den eigenen Schwanz zu lutschen, das ist doch der Traum aller Kerle. Uns selbst zu lutschen, die ultimative Selbstbefriedigung. Aber irgendwann stellen wir alle fest, dass wir so gelenkig dann doch nicht sind, vielleicht mit Ausnahme einiger russischer Zirkusartisten. Und die haben andere Probleme.

»Ging aber nicht, oder? Bei mir auch nicht, was echt gemein ist. Ich habe mir immer vorgestellt, wie cool das wäre. Andererseits hätten wir dann vielleicht noch weniger Sex. Ich meine, wenn wir für Oralsex niemanden mehr brauchen? Wozu dann noch einen Sexpartner? Dabei ist Sex zu zweit so viel schöner als alleine.« Ich sah Andrew an, erst auf den Schwanz und dann ins Gesicht. »Ich glaube, unsere Schwänze sind gut eingegroovt, wir könnten jetzt mit Oralsex weitermachen. Die große Frage ist, möchtest du mir erst einen blasen oder soll ich bei dir anfangen? Mein Vorschlag wäre, ich fange an. Dann könntest du schon mal genau darauf achten, wie sich das anfühlt. Was sagst du?«

»Okay ...«, sagte Andrew. »Eigentlich ... eigentlich würde ich lieber anfangen. Wie mache ich das?«

»Sicher hervorragend«, sagte ich mit einem Grinsen. »Nein, ernsthaft, ich setze mich mal hier auf die Bettkante und du kniest dich vor mich.« Gesagt, getan, kurz darauf kniete Andrew auf dem Kissen, das er sich noch geschnappt hatte und mein Schwanz wedelte genau auf Höhe seines Gesichts umher, hübsch eingepackt in ein hauchzartes Kondom.

»Learning by Doing. Du kannst mich ja korrigieren, wenn ich irgendetwas nicht so toll mache.«

»Falls das überhaupt notwendig ist, warten wir mal ab. Wahrscheinlich bist du ohnehin ein Naturtalent.«

Andrew zuckte mit den Achseln und widmete sich dann meinem Penis. Er hielt ihn mit einer Hand fest und nahm ihn langsam zwischen die Lippen. Mein Schwanz passte fast völlig in Andrews Mund. Er lutschte ein paar Mal an Herbie und sah mich dann an.

»Schmeckt nach Gummi. Aber das Gefühl ist cool«, sagte er.

»Na ja, Sicherheit ist halt wichtig, auch beim Blasen.«

»Check.«

Andrew lutschte weiter. Von oben sah ich, wie sich sein Kopf leicht vor und zurückbewegte und mein Schwanz immer wieder in seinem Mund verschwand. Er war gut, vermutlich hatte er genügend Pornos gesehen. Für ein erstes Mal fühlte sich der Blowjob jedenfalls richtig professionell an. Er wurde mal schneller, mal langsamer und nahm meinen Steifen richtig tief rein. Oh ja, dachte ich, Deep Throat wird kein Problem.

»Das ist schon richtig geil. Versuch mal, deine Lippen abwechselnd anzuspannen und locker zu lassen. Das stimuliert – oh, wow, ja, das ist geil …

Du kannst auch nur an der Eichel saugen. Oh ja, genau so.« Andrew war auf Zack und lutschte sofort nur an meiner Schwanzspitze. Und zwar so geil, dass ich mich zurückhalten musste, um ihm meinen Schwanz nicht tief in den Mund zu stoßen.

Ich ließ mich eine Weile kommentarlos lutschen, ganz uneigennützig natürlich, Andrew brauchte ja genug Zeit zum Üben, ähem. Dabei wollte ich ihn nicht stören, aber vor allem brauchte ich meine Konzentration, um nicht zu schnell zu kommen. Mein Schüler lernte nicht nur schnell, er war auch ausdauernd und hatte ganz offensichtlich Spaß an der Sache und daran, mich zum Wahnsinn zu treiben. Für ein paar Minuten hörte ich nur mein lautes Atmen und Andrews schmatzende Geräusche.

Sein Mund fühlte sich toll an, mein Schwanz wurde härter und ich wollte am liebsten seinen Kopf packen und ihn einfach in den Mund ficken. Ich musste mich sehr zurückhalten. Dann fing er an, mich mit seiner Zungenspitze zu bearbeiten, was mir fast den Rest gab. Ich stöhnte und schob Andrews Kopf sanft, aber bestimmt weg. Er sah mich irritiert an.

»Habe ich etwas falsch gemacht?«

»Im Gegenteil, du warst so gut, dass ich kurz davor war zu kommen. Und das will ich jetzt noch nicht, ich will mir meinen Steifen noch etwas aufheben, vielleicht brauchen wir den gleich noch … Jetzt bist du erst mal dran mit Genießen. Du warst so fleißig, setz dich hin und ich blase dir einen. Entweder du hast einfach nur Spaß oder du versuchst zu spüren, was ich so mache.«

Ich hatte vor, Andrew einen Blowjob nach allen Regeln der Kunst zu geben, mit allem, was ich draufhatte. Oder zumindest fast allem. Wir tauschten die Plätze und ich fing an, seinen Penis zu streicheln und am Sack zu kraulen. Ich spielte eine ganze Weile mit meiner Zunge an seinem Schaft, ohne ihn in den Mund zu nehmen, was gar nicht so einfach war, da er unter meinen Berührungen auf und ab schnellte.

Zeit für den nächsten Schritt. Ich küsste ihn und fuhr mit meinen Lippen über seinen Penis. Ich saugte eine Weile an seiner Eichel und ließ ihn dann langsam, schön langsam in meinen Mund gleiten.

»Oh, yes!«, stöhnte Andrew, als er ganz in mir steckte. Ich ließ mir Zeit und wechselte nur langsam von einer Technik zu nächsten. Andrew sollte alles ganz bewusst wahrnehmen. Er roch würzig, salzig, wie ein junger Eber. Wenn Sie jetzt fragen, woher weiß Bob, wie ein junger Eber riecht – lange Geschichte, die glauben Sie mir ohnehin nicht.

Ein Schwanz ist toll, ich weiß nicht, was es Besseres geben sollte. Ich kann meine Hetero-Kollegen nicht verstehen, die auf Mädchen, auf Titten und Muschis stehen. Was will man damit denn anfangen? Einen Schwanz kann ich streicheln und rubbeln, mit der Zunge daran spielen und ihn wie einen Lolli lutschen. Jeder Schwanz schmeckt anders, manche würzig, manche jung und frisch, manche fast gar nicht. Ich liebe es, diesen Geruch und Geschmack zu entdecken und die, wie soll ich sagen, Textur eines Schwanzes. Wie fühlt er sich an, wo sind kleine Adern zu spüren, wie ist die Eichel?

Das Tollste daran ist, dass ich direkt spüre, wie sich mein Partner fühlt. Andrews Schwanz zuckte und bewegte sich unter meinen Berührungen und wenn es nicht so wie ein Klischee klingen würde – ich hätte geschworen, dass er immer steifer wurde. Andrews stöhnte lauter, seine Hüften bewegten sich unwillkürlich vor und zurück, als ich dabei war, seinen Ständer kräftig zu lutschen und tief in den Mund zu nehmen. Ich ließ ihn ein paar Mal stoßen, aber als ich merkte, wie er auf einen Orgasmus zusteuerte, ließ ich seinen Schwanz schnell los.

»He!«, protestierte Andrew. »C'mon, ich war so nah dran ...«

»Ich weiß, das ist jetzt hart ... sollte kein Wortspiel sein.

Wenn ich jetzt weitermache, dann kommst du gleich, oder? Dein Schwanz ist so zum Bersten gespannt, ich glaube, wenn ich den nur noch ein paar Mal küsse, dann spritzt du. Richtig?«

Andrew sah noch nicht völlig überzeugt aus und schob seinen Penis vorsichtig in Richtung meines Mundes. Ich grinste ihn an und schüttelte den Kopf. Er seufzte und fragte dann: »Wir ... wir könnten das doch gleichzeitig machen. Weißt du, was ich meine?«

»Du meinst 69? Ich blase dir einen und du mir?«

»Ja, exactly.«

»Ganz ehrlich, das ist nur was für Fortgeschrittene«, sagte ich, aber als ich Andrews Gesichts sah, fuhr ich fort: »... und deswegen sollten wir das natürlich ausprobieren. Aber dafür brauche ich etwas Vorbereitung. Wenn wir damit jetzt einfach so weitermachen, dann dauert es nicht lange, bis wir kommen, besonders du. Also erst mal abkühlen, würde ich sagen.«

Und das meinte ich durchaus wörtlich. Für solche Fälle hatte ich immer ein hundertprozentig wirkendes Wundermittel dabei – Kühlkissen. Einfach auf den Schwanz gelegt und nach ein paar Minuten war garantiert jede Erregung verschwunden.

»Hey!«, sagte Andrew, halb im Protest, als ich seinen Schwanz abkühlte, hielt aber still und versuchte nicht, sich zu befreien. Das Kühlpack zeigte schnell Wirkung, bei ihm wie bei mir, und unsere Schwänze waren wieder schlapp, als ob nichts geschehen wäre.

»Wir wollen doch nicht zu schnell kommen, wenn wir uns schon gegenseitig einen blasen.« Wir warteten ein paar Minuten, nur um sicherzugehen, was mir Zeit gab, neue Kondome aus meiner Tasche zu holen. Wie gesagt, safety first. Dieses Mal wollte ich Andrew mehr bieten, ich tat so, als ob ich Spielkarten mischen würde und hielt ihm die Präser-Packungen aufgefächert hin. »Du hast die Wahl, welche sollen wir nehmen? Ich habe alle Geschmacksrichtungen, Erdbeere, Blaubeere, Zitrone. Banane würde ich dir nicht empfehlen, das schmeckt scheußlich.« Andrew entschied sich für zweimal Blaubeere, eine gute Wahl.

Ein wenig Gerubbel und wir konnten uns die Präser gegenseitig überziehen. Das half, um beide Schwänze endgültig wieder hartzumachen. Andrew legte sich nach meinen Anweisungen auf das Bett und ich krabbelte über ihn, bis wir beide Schwanz an Mund waren.

»Ladys and ... nein stimmt nicht, noch mal. Gentleman, ready? Start sucking!« Ich nahm Andrews Schwanz in den Mund und fast im selben Moment spürte ich seine Lippen um meinen Penis. Andrew ging direkt in die Vollen und lutschte so kräftig, da konnte und wollte ich ihm nicht nachstehen. Das war ein Saugen und Schmatzen. Ich konnte Andrew ja keine Tipps geben, mit seinem Penis im Mund, aber er kam auch so mehr als zurecht und machte mir das eine oder andere nach.

Ich versuchte, meinen Orgasmus so zu steuern, dass wir gleichzeitig kamen. Klingt einfach, aber sagen Sie das mal jemandem, dessen Schwanz gerade von einem heißen Kerl gelutscht wird. Irgendwann wurde meine Erregung so groß, dass ich mich nur noch schwer zurückhalten konnte. Keine Ahnung, wie weit Andrew schon war, aber er musste schnell kommen. Jetzt sofort. Also Handarbeit. Ich massierte mit einer Hand sanft seine Eier, was er mit einem unterdrückten Stöhnen quittierte. So schnell wie er mich jetzt mit seinen Lippen fickte, war er auch kurz vor dem Höhepunkt, Zeit für den ultimativen Trick. Ich saugte mich an seinem Schwanz fest, massierte sein Arschloch und steckte ihm dann den Finger gerade ebenso hinein. Das ließ ihn explodieren und das Gummi in meinem Mund füllte sich mit Andrews Sperma. Zeit für mich, auch zu kommen. Ich ließ meiner Erregung freien Lauf und kam nur kurz nach meinem Partner.

Oh. Mein. Gott. Wie geil war das denn?

»War das gut oder war das gut?«, fragte ich Andrew, sobald ich wieder zu Atem gekommen war.

»Great! So geil.« Er atmete schwer.

Mehr war dazu auch nicht zu sagen, obwohl – vielleicht doch: »Über eine Frage solltest du dir übrigens vorher Gedanken machen. Mit den Kondomen war das jetzt egal, aber wenn du einen Freund hast und keine Präser verwendest, musst du dich ja entscheiden: Schlucken oder spucken.«

»What? Meinst du ...«

»Du weißt, was ich meine, oder? Wenn dein Freund in deinem Mund kommt, willst du das Sperma dann runterschlucken oder lieber ausspucken? Beides ist okay, finde ich.«

»Und was machst du?«

»Kommt darauf an. Ich hatte einen Freund, bei dem konnte ich nicht schlucken. Es ging einfach nicht. Er war total süß und lieb und der Sex war super, aber aus irgendeinem Grund hätte ich es nicht geschafft, sein Zeug zu schlucken. Keine Ahnung, aber ich fand sein Sperma eklig. Bei meinem letzten Typen war das dann überhaupt kein Thema, im Gegenteil, mich hat das noch heißer gemacht. Ist manchmal seltsam.«

Andrew sah alles andere als überzeugt aus, aber die Hauptsache war, er dachte über das Thema nach. Auf meiner gedanklichen Checkliste konnte ich zwei weitere Punkte streichen. Blieben ein paar übrig, die ich mit ihm besprechen wollte. Langweilige Themen wie Hygiene und Sicherheit und ein paar spannende, vor allem Beziehungen und Liebe. Ja, gut, ich bin kein Beziehungsexperte und es ist auch nicht meine Aufgabe, den Kunden da mehr oder weniger gute Ratschläge zu geben, aber ob man es glaubt oder nicht, im Grunde bin ich ein hoffnungsloser Romantiker. Was dazu führte, dass wir von einem zum anderen kamen und irgendwann mittendrin waren im schönsten Beziehungsklatsch.

»Yeah, das glaube ich«, sagte Andrew, als wir über meine letzten Beziehungen sprachen. Aus welchem Grund auch immer, von denen hatte leider keine lange gehalten, dabei bin ich doch echt nicht ... egal. »Ich weiß auch nicht, ob ich damit klarkäme, wenn mein Freund so mit anderen Jungs ... No, I guess not.«

Wir saßen eine Weile stumm da, beide in Gedanken versunken, bis ich mich gedanklich schüttelte.

»Eine Sache muss ich dich fragen.«

»Yes?«

»Was ist mit Analsex? Ich meine, wie sieht's aus, sollen wir ficken? Oder reicht dir das Blasen für heute?«

Bei der Frage wurde Andrew rot. Darüber hatte er offensichtlich auch schon nachgedacht. Er druckste eine Weile herum, aber dann erzählte er mir, dass sich das in der Tat schon überlegt hatte, aber noch nicht genau wusste, was er wollte. Ich konnte das gut nachvollziehen, mir war es vor meinem ersten Mal genauso gegangen. Einerseits wollte ich unbedingt wissen, wie es sich anfühlt, meinen Schwanz in einen anderen Hintern zu stecken und einen in mir zu spüren. Aber wenn ich genauer darüber nachdachte, meinen Penis in einen Po zu stecken, dann hatte ich gleich keine Lust mehr. Was für eine Vorstellung! Zum Glück hatte mich mein damaliger Freund nicht bedrängt und als wir dann fickten, war es großartig, überhaupt nicht eklig, sondern herrlich intim. Das erzählte ich Andrew und versprach ihm, wir würden Analsex nur ausprobieren, wenn er wirklich Lust darauf hatte. Ich hatte seinen Schwanz inzwischen wieder hartgestreichelt und die Unterhaltung über Sex hatte ihr Übriges getan.

»Okay, das Wichtigste dabei ist, entspannt zu bleiben. Alles kann, nichts muss, sagt man doch. Analsex macht nur Spaß, wenn beide locker sind, gelassen an die Sache herangehen und vor allem aufeinander achten. Besonders wenn du fickst, dann musst du sensibel sein und spüren, was deinem Partner gefällt.«

Andrew nickte und es war klar, er wollte. Ich erklärte weiter und kramte derweil meine Hilfsmittel aus der Tasche, Gleitgel und Analkondome.

»Ich würde sagen, du fängst an und fickst mich. Beim Analsex gibt es nicht die eine Stellung, wie bei Heterosex. Letztlich ist es egal, ob Doggy oder Missionarsstellung, oder ob wir uns hintereinanderlegen, alle Stellungen haben ihre Vorteile und Nachteile. Das Gute ist …« ich strahlte Andrew an, »du kannst jetzt alle ausprobieren, ich mache alles mit.«

Ich schlug vor, mich auf alle viere zu knien und von hinten nehmen zu lassen. Dabei ist der Po sowieso schon offener und man kann gut eindringen. Hauptsache, der Fickende ist nicht zu wild, denn man kann in der Stellung echt tief rein. Und ganz wichtig: »Immer genug Gleitgel nehmen. Gleitgel ist das A und O beim Analsex. Du kannst eigentlich irgendeines nehmen, ich nehme immer das hier, das ist besonders für Analsex und macht es einfacher. Großzügig verteilen …« Ich schmierte Andrews Schwanz voller Gleitgel, bis er ganz von einer glänzenden Schicht umgeben war. Dann kniete ich mich hin und bat Andrew, ordentlich Gel in meinem Hintern zu verteilen.

»Reicht das so?«, fragte er, nachdem er gefühlt eine halbe Tube in mir verteilt hatte.

»Ich glaube schon. Besser zu viel als zu wenig. Ohne Scheiß.« Das war in dem Zusammenhang ein blöder Ausdruck, shit. Nein, schon wieder, ah! Zum Glück ging Andrew nicht darauf ein.

»Bereit?«, fragte ich.

»Sure«, sagte er und setzte seinen Schwanz an meinen Hintern. Er drang vorsichtig in mich ein, und ich meine wirklich langsam, als ob er Angst hätte, mir weh zu tun. Das hätte ja wirklich gut sein können, trotz des ganzen Gels. Aber ich war entspannt genug.

Einen Vorteil hat es, in den Arsch gefickt zu werden. Ich kann mich viel besser um den Kunden kümmern und muss nicht gegen einen Orgasmus ankämpfen. Ich konnte ganz entspannt bleiben und spüren, was Andrew machte. Ab und zu musste ich mich bewegen, um ein paar zu kräftige Stöße auszugleichen, schließlich wollte ich Andrews Schwanz nicht komplett im Dickdarm stecken haben.

Um es kurz zu machen, Andrew war kein schlechter Arschficker. Ungeübt und ungelenk, aber das würde schon mit der Zeit. Lange hielt er es übrigens nicht aus. Ich hatte gedacht, nach dem ersten Orgasmus würde er schon nicht so schnell kommen. Aber er war offenbar so erregt oder mein Hintern so eng, dass er schon nach ein paar Minuten so weit war. Er stöhnte ein paar Mal heftig und dann spürte ich das typische Zucken. Er spritzte.

»Sorry! Ich wollte nicht so schnell kommen, aber ich konnte nicht mehr. Ich war so horny.«

»Mach dir mal keinen Kopf, das ist normal, okay? Ich hatte vorhin gedacht, dass du viel schneller kommst. Aber da hast du ja echt gut durchgehalten ... Und jetzt die Preisfrage: Soll ich dich auch ficken oder nicht?«

So wie Andrew aussah, eher nicht, aber fragen muss man schließlich. Immerhin hatte er eine Unterrichtsstunde Sex gebucht und dazu gehörte nun mal das Komplettpaket. Außerdem denke ich, wenn man schon die Chance hat, etwas in einer so geschützten Umgebung auszuprobieren, dann sollte man die nutzen. Aber hey, nur meine Meinung. Andrew sah das anders, was überhaupt nicht schlimm war. Beim Sex geht es immer darum, was beide Partner möchten, das seht Ihr doch auch so? Alles andere wäre ... mag ich gar nicht dran denken.

Und Andrew hatte in der kurzen Zeit eine Menge gelernt. Über Oralsex und Handjobs und wie er seinen Partner am besten in den Po fickte. Als ich das alles aufzählte, wurde Andrew doch noch einmal rot.

»Hat mir wirklich Spaß gemacht mit dir«, sagte ich, während ich mich anzog und meine Sachen zusammensuchte. »Das klingt jetzt wahrscheinlich so, als ob ich das jedem erzähle, aber ich meine es wirklich ernst. Ich hatte einen echt geilen Orgasmus, du sogar zwei und einmal davon in mir. Ich finde, du bist jetzt gut gerüstet für alle Abenteuer, die noch kommen.«

Ich grinste. »Ich würde sagen: Keep on fucking!«

Matteo, Julia und Yasemin

»Wir sind doch keine Peepshow!« Thereses Stimme drang durch die ganze Agentur. Wow, so laut hatte ich sie erst einmal erlebt, vorletztes Jahr, als die Bauarbeiter, die unsere Räume renoviert hatten, statt Bezahlung lieber ein paar Stunden mit uns haben wollten. Die meisten mit den Mädels. Und einer mit mir.

»Das geht entscheiden zu weit!«

Die Antwort konnte ich nicht hören, die Kundin sprach so leise, dass ich sie durch die Tür nicht verstehen konnte. Anders als Therese. Ich saß zusammen mit Julia und Philipp in unserem Aufenthaltsraum. Der Rest der Truppe war nach unserer wöchentlichen Teamrunde schon gegangen, aber wir wollten noch die Unterlagen für unsere nächsten Einsätze durchgehen, Zubehör einpacken und etwas quatschen.

»Ich rege mich doch gar nicht auf! Wie, laut? wer ist hier laut?«

Den Rest konnte ich nicht mehr verstehen, Therese hatte entschieden, sich doch nicht so aufzuregen oder zumindest leiser zu sprechen. Phil sah mich fragend an und als ich mit den Schultern zuckte, schlich er sich zur Tür und presste ein Ohr dagegen.

»Und, kannst du was hören?«, flüsterte ich. Phil gab mir Zeichen, leiser zu sein.

»Was ist denn los?«, fragte Julia, die jetzt ihre Kopfhörer abnahm, unter denen sie nichts mitbekommen hatte.

»Psst!«, zischte ich.

»Ich glaube, ich kann etwas hören«, flüsterte Phil. »Therese will noch einmal nachdenken. Nein, sie will ihre Kollegen fragen. Sie ... scheiße.« Die Türklinke senkte sich, die Tür wurde aufgezogen und Phil ging blitzartig in die Knie und tat so, als müsste er sich die Schnürsenkel binden. Was noch glaubhafter gewesen wäre, hätte er keine Slipper getragen. Therese achtete gar nicht darauf. Sie sah nicht so aus, als hätte sie sich schon wieder völlig abgeregt, aber zumindest sprach sie ruhiger.

»Julia, Matteo, kann ich euch mal sprechen? Könnt ihr mit nach vorn kommen? Das solltet ihr selbst hören und entscheiden.« Okay, was auch immer das sollte. Ich legte meine Mappe zur Seite und folgte Therese.

»Darf ich Ihnen meine Kollegen vorstellen, Matteo und Julia. Das sind die beiden, die infrage kämen. Wenn sie einverstanden sind«, setzte Therese mit Nachdruck hinzu. Julia und ich sahen uns fragend an.

»Aber noch einmal von Anfang an. Frau Ebinoglu möchte unsere Dienste in Anspruch nehmen. Aber sie will nicht selbst aktiv werden, sondern, wie soll ich sagen, Anschauungsunterricht nehmen. Ja, genauso fragend habe ich auch erst geschaut. Sie möchte nur zusehen und dabei lernen.«

Oha.

»Sie möchten ...«

»Bitte, können wir uns nicht duzen? Ich bin Yasemin.« Sie klimperte mit den Augen.

»Matteo. Nur damit ich das richtig verstehe. Du möchtest uns dabei zusehen, wie wir miteinander schlafen?« Ich warf einen kurzen Seitenblick zu Julia und versuchte, in ihrem Gesicht etwas abzulesen. Aber keine Chance, sie schaute starr auf Yasemin.

»Im Grunde ... ja.« So wie sie mich anschaute, mit ihren braunen Augen, dem dunklen Pferdeschwanz, der bei jeder Bewegung leicht hüpfte und dem strahlenden Lachen, da hätte ich auch gerne mit ihr geschlafen.

»Und jetzt willst du wissen, warum, richtig?«

Ich nickte und bevor ich antworten konnte, sagte Julia: »Das wüsste ich allerdings auch gerne.«

»Ich bin noch Jungfrau und das soll auch so bleiben, bis ich heirate.« Sie sah meinen Blick und sagte: »Versteh das nicht falsch, das hat nichts mit Religion oder so zu tun. Ich finde einfach die Vorstellung total romantisch, mich für den Einen aufzuheben und mein erstes Mal mit meinem Mann zu haben.«

»Hm, lass mal sehen ... türkisch, ganz offensichtlich regelmäßig im Sonnenstudio und du willst als Jungfrau heiraten – mehr Klischee geht nicht, oder? Fehlt nur noch, dass dein Bruder dich hierher begleitet hat.«

»Ja, klar, der sitzt gegenüber im Café und wartet, bis ich fertig bin«, sagte Yasemin und betrachtete mich, als wäre ich vollkommen begriffsstutzig.

Drei Köpfe drehten sich zu ihr. Therese, Julia und ich sahen sie ungläubig an.

»Und was hast du ihm erzählt?«, platzte es aus Julia raus. »Doch nicht die Wahrheit?«

»Doch, natürlich, und er findet ...« Dann prustete sie los und konnte nicht mehr aufhören, zu lachen. »Sorry, aber ich konnte ich anders. Natürlich wartet mein Bruder nicht gegenüber, ich habe gar keinen, nur eine Schwester. Und die weiß auch nicht, dass ich hier bin. Aber eure Gesichter waren einmalig.« Yasemin kicherte, und zwar so zauberhaft, dass ich mitlachen musste und nach ein paar Sekunden grinste auch Julia. Nur Therese war alles andere als amüsiert. Ihre Wangen färbten sich rot und sie wollte zu einer Erwiderung ansetzen, aber Julia und ich schüttelten die Köpfe und warfen ihr einen bittenden Blick zu. Sie nickte, aber mit einem Gesichtsausdruck, der sagte: Wie ihr wollt, aber auf eure Verantwortung.

»Und was du eben gesagt hast, von wegen Jungfrau und Ehe und so, war das auch nur ein Spaß?«

»Nein, das meine ich ernst. Das ist wahrscheinlich schwierig zu verstehen.«

»Allerdings«, sagte Julia. »Du siehst nicht gerade so aus, wie ... wie ... du trägst kein Kopftuch und keinen von diesen Mänteln, bei denen man nie weiß, was sich darunter verbirgt.«

»Ich bin ja auch weder 60, noch komme ich aus Anatolien. Warum sollte so etwas tragen? Das ist doch voll das Klischee.«

»Okay, aber ich meine, du sagst, du willst als Jungfrau heiraten, und dann sehe ich dich an. Schmale Jeans, enges Shirt, man sieht die BH-Träger mit Spitze. Da kann man sich schon fragen, wie das zusammenpasst.«

»Warum? Ist für dich jede Frau aus einer türkischen Familie gleich eine anatolische Kopftuchträgerin? Oder darf ich nur noch Kittel tragen, wenn ich entscheide, auf meinen ersten Sex noch zu warten?«

»Nein, aber ...« »Schon mal was von True Love Waits gehört?«

»Klingt wie eine Netflix-Serie«, sagte Julia.

»Ist aber ein Trend in den USA. Kein Sex vor der Ehe. Bei einem amerikanischen Mädchen würde sich doch niemand wundern, wenn es sexy angezogen ist. Aber bei der Türkin, da ist das ein Problem?«

Yasemin kniff die Augen zusammen und sah mich durchdringend an. Von der Seite spürte ich Thereses Blick, der mir riet, die neue Kundin nicht direkt wieder zu vergraulen. »Okay, okay, du hast ja recht. Mi spiace, es tut mir leid.« Ich weiß nicht, ob Yasemin mir die Entschuldigung abnahm, aber sie nickte und meinte, es sei schon in Ordnung. Das war die Gelegenheit für Therese, das Thema zu wechseln und mit den Formalia fortzufahren. Julia und ich warfen uns fragend-eindeutige Blicke zu, während Yasemin und Therese den Papierkram erledigten.

»So«, sagte Therese schließlich, »damit dürfte alles geklärt sein, oder?«

»Fast. Wo ...« Ich schaute fragend in die Runde. »Auf keinen Fall bei mir zu Hause.« sagte Yasemin sofort.

»Willst du nicht, dass deine ganze Familie mit zuschaut?«

»Ach, mir wäre das egal, aber ich dachte, euch wäre das unangenehm, wenn Baba und Serpil zuschauen. Und natürlich meine Mutter und die Tanten, die würden sich das auf keinen Fall entgehen lassen, da bin ich mir sicher.«

Per l'amor di Dio! Bloß nicht. Ich fand ja schon die Vorstellung, vor einer einzelnen Kundin vorzuvögeln, aufregend genug. Mit der ganzen Familie als Zuschauer würde ich sicher keinen hochbekommen. Ich stellte mir schon vor, wir die ganze Großfamilie um uns herumstand und jede einzelne Bewegung kommentierte. Andere würden das vielleicht aufregend finden. Ich nicht. Glücklicherweise nahm Therese die Sache in die Hand. »Das kommt nicht infrage. Wir haben eine kleine Wohnung, die wir nutzen können. Die ist für die Fälle gedacht, in denen unsere Kunden aus welchen Gründen auch immer keinen Besuch zu Hause haben möchten.«

Und dort fanden Julia und ich uns zwei Wochen später wieder. Ohne jetzt mit den Details zur Wohnung langweilen zu wollen, eine hübsche kleine Berliner Altbauwohnung mit Stuck und Dielenböden, zwei Zimmer, Küche, Bad, in einer ruhigen Straße im Westteil der Stadt. Und bevor Sie jetzt fragen: Nein, ich werde nicht verraten, wo genau die

Wohnung liegt, wir haben keine Lust auf Ferngläser und Kameras.

Wie Therese gesagt hatte, war die Wohnung eine Weile nicht mehr benutzt worden, sodass wir erst einmal lüften mussten. Sauber war zum Glück alles, irgendwie schaffte Therese es, hier auch noch regelmäßig nach dem Rechten zu sehen und zu putzen. Ein schneller Check ergab, dass alles da war, was wir brauchten, Bett frisch bezogen, Getränke und kleine Snacks vorhanden und natürlich diverse Hilfsmittel. Zeit, sich fertig zu machen.

»Wann kommt Yasemin?«

»In einer Stunde. Wir sollten uns schon mal frisch machen«, sagte Julia, nahm meine Hand und zog mich durch die Wohnung ins Bad. »Dann mal raus aus den Klamotten und unter die Dusche.« »Wollen wir denn gleichzeitig duschen? Und uns beide hier ausziehen?«, fragte ich.

»Mit wie vielen Mädchen hast du schon geschlafen? Und du hast dich bei jeder einzelnen ausgezogen und dich ganz genau anschauen lassen, oder? Bei mir ist es nicht anders, was meinst du, wie viele Jungs mich nackt gesehen haben?«

Wo sie recht hatte ...

»Wir werden es gleich miteinander treiben. Da bist du doch nicht prüde, wenn es ums Ausziehen geht?«, fügte sie mit einem unschuldigen Augenaufschlag hinzu.

»Fühlt sich trotzdem komisch an«, sagte ich.

»Du kannst ja galant wegschauen und mir einfach

verschämt das Handtuch reichen«, sagte Julia und fing an, sich auszuziehen. Ich rang mit mir, ob ich hierbleiben und ihr zusehen, mich umdrehen oder lieber hinausgehen sollte. Sie hatte ja recht, wir würden noch ganz andere Sachen voneinander sehen. Trotzdem fühlte es sich falsch an – und während ich noch überlegte, hatte sie mir die Entscheidung schon abgenommen und stand splitternackt vor mir. Sie sah genau so aus, wie ich sie mir vorgestellt hatte. Nein, noch attraktiver. Helle Haut, kleiner knackiger Po, feste kleine Brüste. Und sie war glatt, am ganzen Körper kein Härchen. Eigentlich mag ich ja Muschihaar bei Frauen, wenn es ordentlich getrimmt ist. Aber bei Julia passte das Nackte zu ihrem ganzen Äußeren, ihre glatte Muschi machte sie noch ... unschuldiger.

»Na, tut sich schon was?«, fragte sie mit Blick auf meinen Schritt und fasste mir an die Hose. »Ui, ja, da tut sich definitiv was. Um deine Einsatzbereitschaft müssen wir uns schon mal keine Sorgen machen.«

Sie schnappte sich ein Handtuch und verschwand lachend und mit wackelndem Po unter der Regendusche. Und nun? Schau sie dir an, sagte das Teufelchen auf meiner linken Schulter, was für ein geiles nacktes Mädchen. Nein, das darfst du nicht, antwortete das Engelchen auf meiner rechten Schulter, dreh dich um, sei ein Gentleman. Wofür denn, fragte das Teufelchen, er wird sie doch ohnehin gleich ficken. Sag so etwas nicht, meinte das Engelchen verschämt, das sagt man nicht.

»He, wie lang willst du eigentlich einfach so dastehen

und ins Nichts gucken?« Julias Stimme riss mich aus meinen Gedanken. Sie war am ganzen Körper mit Schaum bedeckt und gerade dabei, sich abzubrausen. Wasser und Schaum liefen ihren hellen Körper hinunter und ließen ihre Haut noch zarter erscheinen. Sie wirkte so jung und frisch, unschuldig und zum Anbeißen, wie sie sich jetzt abtrocknete.

Okay, ich sollte mich jetzt auch ausziehen und ...

»Was ist? Schüchtern?« Julia sah mich verschmitzt an. »Mach schon, Yasemin kommt sicher gleich.«

»Erst in einer halben Stunde. Kein Stress.«

Egal, ich zog mich aus, stoppte nur einmal kurz, als ich in Boxershorts dastand. Aber Julia war gerade beim Föhnen und achtete nicht auf mich. Dachte ich, bis ich nackt war und mir ein Handtuch griff.

»Hast du deinen eigenen Handtuchständer dabei?«, fragte sie. »Entschuldige, den wollte ich schon immer mal machen.« Sie nahm meinen Schwanz prüfend in die Hand, schob ein paar Mal vorsichtig die Vorhaut hin und her und kitzelte mich so unter der Eichel, dass mein Glied zu hüpfen anfing. Sie öffnete ihren Mund, als ob sie etwas sagen wollte, nickte dann aber nur zustimmend und föhnte sich weiter.

Äh, was sollte das jetzt? Das wollte vor allem mein Schwanz wissen. Und auch, warum sie einfach so aufhörte, mit ihm zu spielen. Ich sprang unter die Dusche und brauste mich kurz ab.

Zehn Minuten später. In Bademantel und Schlappen

schlurfte ich ins Wohnzimmer und sah, wie Julia die Playlists auf unserem Tablet durchging und dabei war, Musik auszusuchen.

»Was meinst du, welche Playlist? Lieber Breaking the Ice oder Sanfter Nachmittag?«

»Definitiv Nachmittag. Ein bisschen was Chilliges.«

Kurz darauf kam relaxter Elektro-Pop aus den Lautsprechern. Sagte ich schon, dass unsere Bademäntel alles andere als gendersensibel waren? Hellblau für die Herren und rosa für die Damen. Als ob man anders das Geschlecht nicht erkennen könnte. Als Julia in die Hocke ging, um nach den Flaschen in unserer kleinen Hausbar zu schauen, verrutschte ihr Bademantel und ihr weiß-blau gestreifter Slip schaute hervor. Sie stellte zwei Flaschen auf den kleinen Tisch neben dem Bett.

»Hast du schon geschaut, ob alles da ist?«, fragte ich.

»Kondome und so? Nein, noch nicht, mach du mal.«

Ein kurzer Check ergab, dass alles an seinem Platz war. Kondome, Gleitgel, Tücher und diverses Spielzeug. Ich schaute durch das Angebot durch. Ich war lange nicht mehr in der Wohnung gewesen und hatte vergessen, was es alles gab. Von einfachen Dildos über Auflagevibratoren, Anal-Plugs, und Liebeskugeln bis zu einigen Dingen, bei denen mir nicht sofort klar war, wofür sie gedacht waren. Benutzte das irgendjemand? Therese hatte mal die Idee, auch Kurse zu geben, in denen man gemeinsam den Umgang mit Sexspielzeug lernen konnte. Aber die gab es doch noch nicht, oder?

Und sonst? Es fiel mir schwer, mir Julia oder Steffi vorzustellen, wie sie sagten: So, und jetzt kommen wir zum Analsex. Um kurz darauf ihrem Kunden einen Buttplug einzuführen.

»Benutzt du sonst einen Ring?«

Aus meinen Gedanken gerissen schaute ich Julia verständnislos an, sodass sie hinzufügte: »Penisring. Benutzt du bei den Einsätzen einen?«

»Nein, normalerweise nicht. Aber heute sollte ich vielleicht. So heiß, wie du bist, nicht, dass ich da zu früh komme.« Julia wurde rot und tat so, als hätte sie das überhört.

»Vielleicht solltest du einen überziehen. Yasemin will vermutlich viel sehen.«

Es klingelte. »Ich gehe schon«, sagte ich und öffnete. Yasemin strahlte mich an und ich strahlte zurück.

»Komm rein«, sagte ich. Wir küssten uns zur Begrüßung auf die Wange. Ich half ihr aus der Jacke und führte sie in den Hauptraum. Julia und Yasemin tauschten ebenfalls Küsschen aus und wir schauten uns verlegen an.

»Die Situation ist für uns ziemlich merkwürdig«, sagte ich schließlich zu Yasemin. »Normalerweise müssen wir unseren Kunden die Nervosität nehmen. Und jetzt bin ich selbst nervös. Ich hatte noch nie vor anderen Leuten Sex. Du, Julia?«

»Nein, komische Situation. Lasst uns erst einmal einen Schluck trinken.« Sie öffnete eine Flasche und wir stießen mit einem Glas Prosecco an.

»Wir haben uns überlegt, am besten ist es, wir tun so, als ob du gar nicht da wärst, und vögeln einfach. Du kannst uns zuschauen, wo und wie du möchtest und jederzeit Fragen stellen. Wobei ich allerdings nicht garantieren kann, dass wir direkt antworten, wenn wir in Fahrt sind. Hast du denn etwas, worauf wir besonders eingehen sollen?«

»Nö, ich habe da auch keine spezielle Vorstellung. Ich möchte halt sehen, wie das mit dem Sex praktisch funktioniert. In der Theorie weiß ich das alles, ist ja nicht so kompliziert. Aber wie ist das in der Praxis, worauf muss ich achten? Tipps und Tricks und so.«

Einfach nur – weird. Strano. Aber jetzt waren wir hier und würden wir das auch durchziehen. Blöde Formulierung in dem Zusammenhang. Und wie fingen wir jetzt an? Einfach Klamotten aus und losvögeln? Oder romantisch, mit Vorspiel und allem drum und ran? Julia war genauso ratlos wie ich und zuckte mit den Schultern.

»Darf ich eigentlich Filme aufnehmen? Mit dem Handy?«, fragte Yasemin.

Julia schüttelte energisch den Kopf und ich sagte: »Nein, ich fürchte nicht. Dann würde das hier ja erst recht zu einem Pornodreh. Das geht nicht. Na ja, dann wollen wir mal. Und du ...« Ich wollte schon sagen, mach's dir gemütlich, aber das kam mir dann doch nicht über die Lippen.

»... schau zu und frag nach«, sagte ich stattdessen und schenkte ihr nach.

Ich strich Julia das Haar zurück und sah ihr fragend in

die Augen. Ihre Augen blitzten amüsiert und sie nickte kaum merklich. Wir führten unsere Lippen zusammen und küssten uns, wie sich zwei Menschen das erste Mal küssen. Erst vorsichtig, tastend, verspielt. Sie biss mich leicht in die Lippe und grinste. Sie duftete frisch geduscht, nach Shampoo und wie nach einer Wiese mit Frühlingsblumen. Ja, das klingt kitschig, aber besser kann ich es halt nicht beschreiben. Unsere Zungen spielten miteinander und ich verlor mich in Julias Mund und ihrem Duft.

Ich glitt mit meinen Händen in ihren Bademantel und ließ ihn von ihren Schultern gleiten. Der BH folgte kurz darauf. Halbnackt drückte ich Julia an mich und streichelte ihren Rücken, immer wieder zu Yasemin blickend, die sich auf den großen Eichentisch gesetzt hatte. Auch Julia blinzelte zur Seite. Dabei schmiegte sie sich eng an mich. Ihre Hüften rieben sich an meinen und sie presste ihre Möpse gegen meine Brust. Als ich ihren Po knetete, schüttelte sie sich demonstrativ und gab mir einen langen, intensiven Kuss. Ich glitt in ihren Slip und bearbeitete ihre Pobacken. Mein Schwanz spannte in meiner Hose und wollte unbedingt raus.

Das dachte sich auch Julia. Sie löste sich von mir, zog verspielt an meinem Gürtel, öffnete die Schleife und spielte damit. Sie schmiegte sich an mich, umarmte mich von hinten und zog mir langsam den Mantel aus – und die Hose gleich mit. Ich sah, wie Yasemin große Augen bekam und leise »wow« sagte. Als Julia ihre Hände in meinen Schritt gleiten ließ, merkte sie auch, wieso. Mein Schwanz war genauso hart wie vor dem Duschen und stand aufrecht wie eine Rakete.

Julia nickte beeindruckt. »Wow, ja, der ist wirklich groß.« Und ins Ohr flüsterte sie mir: »Den bekommen wir schon wieder klein.«

Davon ging ich aus und wenn ich nicht aufpasste, dann eher früher als später. Julia fuhr mir mit der Zungenspitze über Brust und Bauch. Als sie an meinen Brustwarzen ankam, kitzelte sie mich mit der Zungenspitze und saugte abwechselnd links und rechts. Meinem Schwanz gefiel das, er schnellte nach oben und wollte auch seinen Teil abhaben. Er musste nicht lange warten. Julia kniete sich vor mich und streichelte mich sanft an den Eiern, was mein Penis mit neuem Hüpfen quittierte.

Ich liebe es, wenn mich ein Mädchen beim Blasen aus großen Augen anschaut, mit einer Mischung aus listig, unschuldig und devot. Genauso wie Julia jetzt. Ihre Hände massierten weiter meinen Sack, während sie langsam meinen Schwanz in den Mund nahm und vorsichtig daran saugte. Ich musste höllisch aufpassen, nicht sofort zu kommen. Schon der Gedanke, meinen Schwanz im Mund der süßen Julia zu haben, erregte mich. Und sie konnte lutschen wie ein Profi. Ihr Mund war feucht und sie hatte ihre süßen kleinen Lippen angespannt, sodass mein Penis kräftig massiert wurde. Ich hätte nicht gedacht, dass sie meinen Schwanz ganz in den Mund nehmen konnte, aber er steckte bis zum Anschlag zwischen ihren Lippen. Julia hatte jetzt einen langsamen Rhythmus gefunden, in dem sie mich lutschte. Ganz hinein und ganz hinaus. Kurz bevor sie meinen Penis wieder ganz einführte, kitzelte sie meine Schwanzspitze noch mit ihrer Zunge, sodass ich jedes Mal fast wahnsinnig wurde. Dabei hörte sie nicht auf, meine Eier zu kraulen. Mit der Technik hatte sie mich in ein paar Minuten so weit, dass ich in ihrem Mund kam. Bloß konzentrieren, Matteo, dachte ich, denk an was anderes. Denk an kalte Duschen. Polarmeer. Eisberge.

Eisbärenfelle mit nackten Eskimomädchen.

Verdammt.

Julia änderte ihre Technik und leckte jetzt mit der Zunge meinen Penis in ganzer Länge ab. Wie aus weiter Ferne hörte ich etwas. Yasemin? Ich war so weit weg. Ich brauchte meine ganze Konzentration, um sie zu verstehen. Julia war da verständlicherweise weniger abgelenkt. Sie hörte kurz mit dem Lutschen auf und warf mir einen auffordernden Blick zu, behielt meinen Schwanz aber fest im Mund.

»Hm, wie?«, fragte ich.

»Was meinst du, worauf soll ich besonders achten, wenn ich meinem Freund, ich meine, meinem Mann ... einen ... du weißt schon. Was mögen Männer da am meisten?«

Ich schluckte. Apropos, Notiz an mich selbst: schlucken nicht vergessen.

»Das ist eigentlich egal. Ehrlich. Es ist geil genug, wenn ein Mädel den Penis anfasst und lutscht, da ist es völlig egal, was du machst. Aber wenn du es genau wissen willst ...«

Auftritt Dottore Matteo und seine erstaunlichen Statistiken. Der Playboy ist halt nicht nur für die Bilder zu gebrauchen. In welchen Ländern mögen Männer welche Techniken, wie viel Prozent stehen auf Deep Throat und wo ist ein 69er der Renner – faszinierende Statistiken zwischen Centerfold und Fotos von 300 PS-Maschinen. Aber damit es nicht zu abstrakt wurde, erklärte ich Yasemin, was ich besonders mochte. Wenn Julia mit ihrem Mund nur an meiner Eichel nuckelte, wie es sich anfühlte, mit der Zungenspitze gekitzelt zu werden oder wenn das Mädchen meinen Schwanz lutscht und gleichzeitig den Schaft massiert. Yasemin war hoch konzentriert, im Gegensatz zu mir, denn Julia machte genau das, was ich erzählte. Mit dem Mund konnte sie ja nicht lächeln, aber ihre Augen blitzten schelmisch.

Na warte, dachte ich, du kommst auch noch dran.

»Manche Kerle stehen auch darauf, dich ... wie sage ich das? Dich in den Mund zu ficken. Deinen Kopf festzuhalten und ihren Schwanz bis zum Anschlag in deinen Mund zu stecken.« Julia schüttelte jetzt energisch den Kopf, aber ich hatte meine Hände schon an ihrem Hinterkopf und stieß meinen Schwanz ein paar Mal weit in ihren Mund. Dann ließ ich sie los und sah sie entschuldigend an. Ihre Augen blitzten.

»Und worauf jeder Mann besonders steht, ist, wenn er in deinem Mund kommt und du sein Sperma schluckst. Aber das lassen wir jetzt besser, wir brauchen meinen Ständer ja noch.« Ich zog meinen Schwanz aus Julias Mund und half ihr auf die Beine. Sie gab mir einen Schlag auf den Hintern, aber sachte genug, um mir zu zeigen, dass sie mir schon wieder verziehen hatte. Sie zog mich zum Bett und hüpfte auf die Matratze.

Mein Penis pulsierte und rief: Vögeln, vögeln! Übrigens, habe ich vorhin gesagt, dass mir der Gedanke an Zuschauer half, nicht zu schnell zu kommen? Stimmte nicht mehr, inzwischen hatte ich mich nicht nur daran gewöhnt, ich fand die Vorstellung zunehmend erregend, beim Vögeln mit Julia beobachtet zu werden.

Julia legte sich hin und winkelte ihre Beine an. In einem schlechten Porno hieße es jetzt, ich blickte ins Paradies. Julias weit geöffnete Muschi lud mich ein, meinen Schwanz hineinzustecken. Warum also noch warten? Ich kniete mich zwischen ihre Beine und spielte mit meiner Schwanzspitze an Julia Spalte herum, ließ sie auf und ab gleiten und streichelte Julias kleines Fötzchen. Und jedes Mal, wenn ich an ihrem Loch vorbeikam, drückte ich meinen Schwanz ein bisschen weiter hinein. Das ging ganz leicht, so feucht war sie schon.

Julia dreht den Kopf zur Seite. »Komm ruhig näher«, sagte sie zu Yasemin, betont lässig. Aber dann wurde sie doch rot, als Yasemin näherkam und sie so liegen sah – mit weit geöffneten Beinen, ihre Spalte feucht glänzend und bereit, meinen Schwanz aufzunehmen. Den ließ ich langsam in ihre Muschi gleiten und begann, Julia mit ruhigen Stößen zu ficken. Bei jedem Stoß gab es ein schmatzendes Geräusch.

Yasemin sah uns fasziniert zu. »Kann ich näher kommen?«, fragte sie.

»Natürlich«, antwortete ich, ohne mit meinen Stößen aufzuhören. »Dafür bist du doch hier.«

Julia nickte und dreht das rechte Bein zur Seite, damit Yasemin besser sehen konnte. Sie streichelte meinen Hintern und zog mich zu sich, sie wollte mich ganz spüren. Ihre Hüften kreisten leicht und ich vögelte sie erst einmal in ruhigem, gleichmäßigem Tempo. Yasemin setzte ich auf die Bettkante und sah zu, wie ich Julia vögelte. Der Gedanke, so beobachtet zu werden, machte mich noch geiler. Und ich war sicher, Julia ging es genauso, auch wenn sie das sicher abstritt. Ich versuchte, Yasemin aus meinen Gedanken zu verbannen und mich ganz auf meine Kollegin zu konzentrieren. Ich senkte meinen Kopf und wanderte mit meinem Mund über ihren Körper, knabberte an ihrem Ohrläppchen und fuhr ihr mit der Zunge über das Ohr.

Julia schüttelte sich.

»Das kannst du ja auch mal bei deinem Freund versuchen. Manche stehen darauf, wenn man ihnen die Zunge ins Ohr steckt.«

»Aber nicht alle«, warf ich ein.

»Aber worauf alle stehen – wenn sie ihren Penis in dir haben und du dann deine Möse anspannst. So.« Im selben Moment massierte sie mich mit ihrer Muschi.

»Oh ja, das ... stimmt ...«, stöhnte ich und fickte sie unwillkürlich schneller. Ich hielt es nicht mehr länger aus, ich wollte jetzt kommen.

»Ihr seht so intensiv aus. Ich freue mich schon so

auf mein erstes Mal.« Yasemin machte eine kurze Pause. »Könnt Ihr vielleicht die Stellung wechseln? Wie macht man das eigentlich, ohne aufzuhören? Geht das oder wird das zu akrobatisch?«

Nein, auf keinen Fall aufhören, dachte ich. Meinen Schwanz ließ ich weiter in Julias Spalte.

»Okaaay ...«, sagte Julia langsam. »Hast du auch eine bestimmte Stellung im Sinn?«

»Vielleicht ... vielleicht könntest du auf Matteo reiten? Ich will ja lernen, wie das geht, und naja, dabei bin ich ja aktiv und sollte wissen, was man macht. Ansonsten muss ja eher mein Verlobter alles machen und ich liege einfach nur da.«

»Oder du kniest ...«, sagte Julia, gefolgt von einem »Oh!«, als ich fester zustieß.

»Lass uns das probieren«, sagte ich, auch wenn ich noch keine Ahnung hatte, wie wir in die Reiterstellung kommen sollten, ohne dass ich meinen Schwanz aus Julias Muschi nahm. Wir versuchten es, indem ich mich flach auf sie legte und wir uns so drehten, dass Julia oben lag. Das ging einfacher als gedacht, mein Schwanz blieb die ganze Zeit schön steif in ihr stecken. Aber dann kam die eigentliche Herausforderung, sie musste in die Hocke kommen. Ich half, indem ich mein Becken etwas anhob, und schließlich saß sie auf mir.

»Yee-Haw!«, rief Julia und tat so, als würde sie ein Lasso schwingen. Sie saß fest auf mir, ihre Oberschenkel rechts und links meiner Hüfte und sie fing an, ihre Hüfte vor- und zurückzubewegen. Jetzt hielt sie sich nicht mehr zurück, sondern war in vollen Galopp dabei.

»Yee … ohh!«, stöhnte sie, während sie mich ritt. Ich umklammerte ihren Hintern und massierte ihre festen Backen. Mein Schwanz bewegte sich in Julia hin und her und wurde von ihrer feuchten Muschi massiert. Es war ganz anders, als Julia von vorn zu ficken. Aber auch wunderschön. Auf eine entspannte Art intensiv.

»Ist das nicht auch toll für dich?«, fragte mich Yasemin, die ihren Blick auf unsere Hüften gerichtet hielt, wo mein Penis in Julias süßem Loch steckte.

»Und ob. Ich kann mich einfach zurücklegen und sie machen lassen.«

»Du kannst beim Reiten auch ganz viel ausprobieren. Du kannst dich vor- und zurückbewegen. Oder dein Becken kreisen lassen. Oder beides gleichzeitig.« Alles, was Julia sagte, demonstrierte sie auch gleich. Mir war es recht, ich hatte jetzt den entspannten Part und genoss das Gefühl und den Anblick.

»Und wenn du Probleme haben solltest, zu kommen, dann frag deinen Freund doch, ob er dich beim Reiten noch massiert.« Sie sah mich auffordernd an. »Matteo?«

Ihr Wunsch war mir Befehl. Ich leckte meinen Daumen an und begann, Julias Kitzler zu bearbeiten. Sie keuchte und wurde schneller.

»Das ist so geil, weißt du?«, stöhnte sie. »Wenn du seinen Penis in dir hast und er dich dann massiert. Das ist so … oh Gott!« Ich bearbeitete sie extra intensiv, während sie auf mir ritt und für eine Weile hörte man nur unser Stöhnen und Keuchen.

»Ich persönlich finde eine andere Variante viel geiler«, sagte ich dann. »Statt dich hinzuknien, kannst du auch in die Hocke gehen, Julia?« Aber die war mit ihren Gedanken ganz woanders. »Julia?«, fragte ich noch einmal und klappste ihr sanft auf den Hintern.

»Oh ... ja?«, fragte sie.

»Hock dich mal auf mich.«

»Okay ...«, sagte sie. Ganz wohl war ihr nicht, wahrscheinlich, weil das bedeutete, dass ich kurz mit meiner Massage aufhörte. Aber ein paar Sekunden späte hockte sie auf mir und rutschte auf meinem Schwanz auf und ab. Der fand das prima und fühlte sich an, als würde er bald platzen.

Julias Brüste wackelten rhythmisch und schienen nur darauf zu warten, geknetet zu werden. Das ließ ich mir nicht zweimal sagen. Als ich mit ihren kleinen, festen Brustwarzen spielte, stöhnte Julia kurz auf und öffnete ihre Augen. Ich drückte und kitzelte ihre Zitzen sanft mit der linken Hand, während ich mit der Rechten weiter ihre Klit bearbeitete, so gut das bei dem Ritt eben ging.

Und was für ein Ritt!

Was soll ich sagen, es war einfach geil, wie Julia auf mir galoppierte. Sie stöhnte, ihre Wangen waren dunkelrosa und sie hatte die Hände auf meine Brust gelegt, um sich abzustützen. Ihre Muschi glitt nur so auf und ab auf meinem Schwanz.

»Ja ... ja ...«, stöhnte sie und bewegte sich immer schneller. Sie biss sich auf die Lippen, dann schüttelte sich ihr Körper, ihre Muschi zuckte und zog sich zusammen und sie rief ganz leise: »Ich komme ...«

Jetzt konnte ich meine Zurückhaltung aufgeben. Ich brauchte nur ein paar kräftige Stöße, bis ich kam. Mein Schwanz zuckte, zweimal, dreimal und ich spürte, wie ich in Julias Muschi kam und sie vollspritzte. Oh, Julia, mia dolcezza, das war wundervoll, dachte ich. Sie hatte sich auf meine Brust sinken lassen, völlig erschöpft. Ich umarmte und küsste sie. Meine Hände kraulten durch ihr Haar, ich streichelte ihren Rücken und knetete ihr sanft den Po. So blieben wir einen Augenblick liegen, bis wir wieder zu Atem gekommen waren.

»Wow«, sagte Yasemin. »Das muss sich toll anfühlen. Ich kann es jetzt kaum erwarten, am liebsten würde ich jetzt schon ...«

Julia und ich hatten uns inzwischen voneinander gelöst und hingesetzt.

»Aber du weißt schon, wie sich ein Orgasmus anfühlt, oder? Ich meine, du hast du es dir doch schon mal selbst gemacht?«, fragte ich.

Yasemin wurde knallrot. Schau an.

»Jetzt mal ehrlich, du hast es dir doch schon selbst gemacht, oder?«

»Ja, schon ...«

»Aber?«, fragte Julia.

»Halt noch nicht richtig.«

»Was meinst du mit richtig?«, wollte ich wissen.

»Ich glaube, ich weiß, was sie meint«, sagte Julia. »Du hast dich nur gestreichelt, aber du hast noch nie einen Dildo benutzt, oder?«

Yasemin nickte. »Das ginge doch nicht ...«

»Wegen Penetration und so?« sagte Julia. Yasemin nickte.

»Capisco. Und ein Vibrator? Okay, auch nicht.«

Eine Weile saßen wir schweigend da. Dann sagte Yasemin drucksend: »Hm, eine Sache hätte ich noch.«

»Ja?«

Sie schüttelte den Kopf und meinte, sie wüsste nicht genau, wie sie das sagen sollte. »Also, etwas würde mich schon noch interessieren. Mein Freund, also mein zukünftiger Mann, ich weiß zufällig, dass er richtig auf Anal-Sex steht. Ich kann mir das aber überhaupt nicht vorstellen. Und vielleicht ...«

Das ging jetzt zu weit. Vor einer Kundin mit einer Kollegin zu ficken, war eine Sache. Aber anal? Es heißt zwar immer, alle Männer stehen auf Analsex. Stimmt aber nicht. Ich definitiv nicht. Warum auch? Ich kann jede Woche mit anderen Mädels schlafen, in jeder möglichen Stellung, mit jungen, frischen Muschis. Warum sollte ich da ein Verlangen haben, meinen Schwanz in einen Po zu stecken? Das konnte ich höchstens abstrakt verstehen. Ich wollte gerade absagen und war mir sicher, Julia sah das ähnlich – da überraschte sie mich schon wieder. Ich spürte, wie sie mir tief in die Augen sah, und hörte sie sagen: »In

Ordnung, das ist eigentlich überhaupt nicht meins, aber mit Matteo würde ich das ausnahmsweise machen.«

Okay, das kam unerwartet. Aber ganz ehrlich, mit Julia würde ich alles ausprobieren. Es gab nur drei Probleme:

Problem Nummer eins war schnell behoben. Julias Hand, der Anblick ihres nackten Körpers und die Aussicht, etwas »Verbotenes« zu machen, sorgten schnell dafür, dass mein Penis wieder einsatzbereit war.

Problem Nummer zwei ebenfalls, wir hatten ausreichend Gleitgel da.

Nur Problem Nummer drei war schwieriger, anal war weder Julias noch meine Stärke. Aber zusammen würden wir das schon hinbekommen. Das flüsterte ich ihr ins Ohr, woraufhin sie sagte: »Klar, alleine ja wohl nicht.« Und mir einen Kuss auf die Wange gab.

»Ich denke, es geht am besten, wenn ich mich entspannt auf den Bauch lege.« Während sich Julia hinlegte, zog ich mir ein neues Kondom über – extra stark für Analverkehr, klar – und schmierte es ausreichend mit Gleitgel ein.

»Und ich mache es mir mal selber dabei«, sagte Julia und fasste sich mit der Hand an die Muschi. Sie fing an, mit sich zu spielen, während ich noch dabei war, schön viel Gel in ihrem Hintern zu verteilen. Dann kniete ich mich hinter sie und drang langsam und vorsichtig ein.

Es war umwerfend. Vielleicht hatte ich bisher alles falsch gemacht, vielleicht lag es an Julia oder der besonderen Situation, aber mein bestes Stück in ihren Hintern einzuführen, fühlte sich großartig an. So eng. Ich durfte nur nicht daran denken, wo mein Schwanz sich gerade befand. Julia stöhnte, aber sagte, ich solle vorsichtig weitermachen. Sie fingerte sich und war schon wieder ganz erregt. Ich auch, mein Schwanz war hart und in Julias engem Hintern fühlte er sich gleich noch einmal so groß an.

Ich bewegte mich ganz sachte und vögelte sie langsam und sanft. Analsex kann auch etwas Romantisches haben, dachte ich. Ich schloss die Augen und genoss die Enge und den Druck auf meinen Penis. Bis mir einfiel, dass wir noch eine Kundin hatten.

»Kannst du genug sehen?«, fragte ich Yasemin. Die nickte.

»Soll ich dir noch etwas erklären?«

»Das … oh ja, … sollte ich wohl besser machen«, meldete sich Julia und fügte ein »Oh … geil …« hinzu.

»Tut das sehr weh?«, fragte Yasemin?

»Nein … ja …«, sagte Julia und erklärte Yasemin, wie es sich anfühlt, einen Penis im Po zu haben. Wie man den Hintern am besten hält, wie viel Gleitgel man braucht und dass man sich dabei selbst befriedigen sollte. Ihrer Meinung nach. Das alles bekam ich nur am Rande mit, ich war so auf meinen Schwanz konzentriert.

Julias Erklärungen wurden immer kürzer und atemloser und sie wurden immer häufiger durch ihr Stöhnen unterbrochen.

»Es … oh, ja … tut mir leid … ich …«, sagte sie zu Yasemin. Die lachte und schüttelte den Kopf.

»Ist in Ordnung. Ich weiß nicht, ob ich in dem Zustand

noch etwas Sinnvolles sagen könnte. Und ich glaube, ich habe genug gehört.«

»Okay, danke ... oh Gott, ich komme gleich ...«, rief Julia atemlos. Ich spürte, wie ihre Finger schneller wurden, das war das Zeichen für mich, das Tempo anzuziehen. Ich stieß meinen Schwanz in immer kürzeren Abständen in Julias Po. Es zog und drückte und ich spürte, wie mein Sperma sich seinen Weg bahnte, wie die Wellen der Erregung größer wurden, und dann kam ich. Ich spritzte und spritzte und mein Schwanz pumpte immer noch.

»Jaaa!«, rief Julia, sie zuckte und schüttelte sich, als sie zum Höhepunkt kam. Sonst lasse ich gerne meinen Schwanz noch ein bisschen in meiner Partnerin, aber bei Julias Po war mir das zu heikel. Ich zog ihn raus und legte mich neben sie.

Yasemin seufzte.

»War das so, wie du es dir vorgestellt hast?«, fragte Julia, nachdem sie wieder zu Atem gekommen war.

Yasemin nickte und ich grinste innerlich. Wieder eine Kundin glücklich gemacht. Und ich war mir sicher, das war nicht der letzte Fick für Julia und mich.

Von hinten

Hatte ich schon das gute Betriebsklima erwähnt? Dass wir alle eine große Familie sind? Zugegeben, eine etwas seltsame Familie mit nicht ganz sittlichem Zeitvertreib, aber – unterscheiden wir uns da wirklich von jeder x-beliebigen Familie? Wenn ich mehr Zeit hätte, könnte ich da so einige Geschichten über meine Nachbarn erzählen, dagegen sind die Storys aus diesem Buch mal so gar nichts.

Wie jede gute Familie kommen wir auch einmal im Jahr zusammen – Moment, das klingt in dem Kontext jetzt verdächtig nach Orgie. Ich meine, wir treffen uns ein, zweimal im Jahr, um zusammen zu feiern. Unsere Weihnachtsfeiern sind geradezu legendär oder wären es zumindest, wenn wir darüber sprechen würden. Aber Diskretion ist unser Geschäft.

Vögel gut und schweig darüber.

In diesem Jahr waren Therese und Julia für die Deko zuständig und sie hatten sich selbst übertroffen. Der Weihnachtsbaum glitzerte und strahlte in allen Farben, überall hingen Weihnachtsgirlanden und die ganze Wohnung wurde von aberdutzenden Kerzen in ein warmes Licht getaucht.

Als ich aus dem Berliner Schmuddelwetter eintrat, empfing mich wohlige Wärme und der Geruch von Gewürzen und Gebäck und Therese, die mit Weihnachtselfenmütze hinter einem großen Topf stand.

»Du bist die Letzte – Glühwein?«

Ich stieß mit Julia, Matteo und den anderen an, die schon fleißig dabei waren, Lebkuchen und Plätzchen zu futtern, zu quatschen und zu lachen. Alle waren da, nein, sogar mehr als sonst. Ein Gesicht kannte ich noch nicht, ein Mädchen mit kurzen, dunklen Haaren.

»Hi, ich bin Steffi.«

»Franzi. Ich bin neu hier.«

Was du nicht sagst, dachte ich. Ich konnte Franzi nicht mehr fragen, was sie hier machte, warum ich nichts von einer neuen Kollegin gehörte hatte und wie sie diesen tollen Glanz in ihre Haare bekam, denn Therese schlug an ihr Glas und räusperte sich.

»Ihr Lieben, es ist wieder so weit, Weihnachten kommt, wieder so überraschend wie ein neuer Kunde beim ersten Termin. Weihnachten, das Fest der Liebe und Triebe, unser Fest. Ich will gar nicht viel sagen ...«

Das sagte sie jedes Mal und redete trotzdem regelmäßig fast eine halbe Stunde.

»Wir waren gut.«

»Im Bett?«, rief Katharina aus der zweiten Reihe.

Therese verdrehte in gespielter Verzweiflung die Augen.

»Ehrlich, wir waren gut dieses Jahr und das Jahr war gut zu uns. Ich übertreibe nicht, glaube ich, wenn ich sage, ein Höhepunkt jagte den nächsten. Es war nicht immer leicht, aber wir sind hart geblieben, wir haben Widerstände überwunden und wir sind der Sache auf den Grund gegangen, haben nachgebohrt und hatten keine Scheu, uns die Hände schmutzig zu machen. Richtig schmutzig. Und der Erfolg gibt uns recht, wir waren in aller Munde ...«

Okay, wie viel Glühwein hatte Therese schon? Einige kicherten, die anderen sahen sich fragend an. Was dachte Franzi jetzt? Ihr Gesicht verriet nichts, nur ehrliche Neugier. Wunderschöne dunkle Rehaugen übrigens.

»Ihr Lieben, wir hatten ein tolles Jahr und das nächste wird noch besser, ich spüre das. Wir haben mehr Anfragen als freie Termine und alle Kunden sind nicht nur befriedigt, sondern vollkommen zufrieden. Und deswegen – Trommelwirbel bitte – brauchen wir Verstärkung. Darf ich vorstellen, das ist Franzi, die ab nächster Woche als Praktikantin bei uns anfängt. Ganz ohne Zigarre. Wenn alles befriedigend verläuft, dann haben wir bald eine neue Kollegin. Herzlich willkommen im Team von First Amour. Und darauf stoßen wir an, was meint ihr?« Therese hob ihre Glühweintasse und wir prosteten Franzi zu, die vielleicht ein kleines bisschen rot wurde. Vielleicht war das aber auch nur die Wärme. Oder der Alkohol.

»Was jetzt kommt, kennt ihr schon. Der langweilige Zahlenteil. Die Statistiken, nackt und ungeschönt. Wollt ihr die hören?«, fragte Therese und wie jedes Jahr riefen wir: »Nein.«

»Was wollt Ihr denn?«

»Party!«

Und die hatten wir.

Als Erstes stieß ich mal mit Franzi an und löcherte sie mit Fragen: »Und wie bist du darauf gekommen, hier zu arbeiten?«

»Das ist eine lange Geschichte. Obwohl – im Grunde ist es simpel. Ich studiere Sexualwissenschaften und dachte, das hier wäre der perfekte Job für mich.«

»Na dann, herzlich willkommen im Team«, sagte ich und nahm den nächsten großen Schluck Glühwein. »Ich finde es toll, wenn wir neue Kollegen haben. Wir haben so viele Anfragen, das schaffen wir doch gar nicht mehr. Und dann habe ich vielleicht endlich mal Zeit, das Buch zu schreiben, das ich immer schreiben wollte.«

»Du willst ein Buch schreiben?«, platzte es aus Phil heraus.

»Ja, warum nicht?«, sagte ich und verschränkte die Arme vor der Brust.

»Ich meine ja nur ...« Phil sah nach links und rechts. Mit einem Mal fand er den Weihnachtsbaum geradezu unwiderstehlich interessant.

»Worüber willst du denn schreiben?«, fragte Julia.

Zen in der Kunst ein Gummihuhn zu flicken. Ernsthaft? Diese Frage? Worüber könnte ich wohl schreiben?

»Über Sex.«

»Ja gut, das liegt nahe«, sagte Phil vom Weihnachtsbaum herüber.

»Wir hatten doch noch nie Praktikanten«, wandte sich Matteo an Therese. »Wie soll das denn gehen? Wir können sie doch nicht alleine zu den Kunden schicken.«

»Das ist gar kein Problem, sie kann doch einfach mit zu den Terminen kommen«, sagte Therese.

»Aber ... ist das nicht ... wirklich, zu zweit?«

»Als ob ihr das nicht gerade ausprobiert habt.«

Matteo und Julia wurden rot. Notiz an mich selbst, herausfinden wieso.

»Ich habe schon von dem Studiengang gehört. Ist das cool? Oder so total theoretisch und langweilig?« wollte Bob wissen.

Franzi strich sich die Haare in das Ohr und schüttelte den Kopf. Sie nahm einen Schluck Glühwein, bevor sie antwortete. »Nein, das Studium ist richtig cool. Okay, wir haben auch langweilige Veranstaltungen, so allgemeine Soziologie und Statistik. Aber das Meiste ist, hm, echt geil, besonders das Seminar, in dem wir ...«

Den Rest von Franzis Satz konnte ich nicht mehr hören, da Therese die Lautstärke hochdrehte.

An der Stelle ist es Zeit, dass wir uns verabschieden. Sie wollen definitiv nicht mitbekommen, wie wir mit zu viel Alkohol und zu wenig Rhythmusgefühl zu den »Hits der 80er, 90er und von heute« wackelten. Und später alle zusammen bei der langen Sissi-Filmnacht schluchzten. Bis auf Therese, die bald schnarchend in der Ecke lag.

Ich hoffe, unsere kurzen Berichte haben Ihnen gefallen und wir konnten einen kleinen Einblick in unsere Arbeit geben. Wie wir arbeiten, wie wir vögeln und wie wunderbar es ist, anderen Menschen zu zeigen, wie viel Spaß Sex machen kann.

Schicken ist Fön und Sumsen ist Buper.

Im Ernst, wir haben den besten Job der Welt: Vögeln, junge Menschen glücklich machen und ihnen einen sicheren Start ins Liebesleben geben. Und auch noch Geld dafür bekommen. Haben Sie etwas bemerkt? Wir alle machen unseren Job gerne und wir sind keine Nutten oder Stricher. Wir sind Therapeuten, Begleiter, Stützradanbringer für großartigen Sex.

Empfehlen Sie uns weiter, sprechen Sie mit Ihren Freunden und Nachbarn über uns. Sie sollten ohnehin viel häufiger über Sex reden. Sex ist nichts Schlimmes, Sex ist gesund, macht Spaß und ist – Achtung Klischee! – die natürlichste Sache der Welt.

Vielleicht sieht man sich mal, wenn Sie uns buchen. Bis dahin: Fröhliches Vögeln!